戀人膏肓

斜線堂有紀

輕文學
Light Literature

目錄

「宮嶺願意成為我的英雄嗎？」

從寄河景說出這句話的瞬間，我的餘生便揭開序幕。

儘管當時我還年幼，卻已經確信這就是自己的人生當中最美好的瞬間，所以我決定要一直當景的英雄。當然，我並不是那種人才。儘管如此，既然她願意對我這麼說，我決定直到最後一刻都要跟她站在同一陣線。即使景成了國中生、成了高中生、殺害一百五十個以上的人，這份心情也依舊沒有改變。

每當咳嗽起來全身就疼痛不堪，沒想到一隻眼睛看不見會讓人感到這麼不安，骨頭肯定也斷了好幾根。就憑現在的我，已經無法挺身保護景了。但是，即使如此，我還是必須保護景。直到血液從腹部的傷口流到一滴不剩為止，我都必須當她的英雄才行。

我對著眼前的男人勉強擠出微笑。這是最後的虛張聲勢。我像這樣拚命地粉飾太平，只見眼前的男人看似不快地蹙起了眉頭。我像是故意要嘲諷他一般繼續說道：

「沒錯。景殺了一百五十個以上的人。而且沒有親自動手。她彷彿瘟疫一樣地殺人，根本不會有絲毫罪惡感，是個怪物。我殺了那樣的她。」

我這麼告白，於是眼前的男人明顯地扭曲了表情。他其實一定恨透了我吧。他沒有動手給我致命一擊，是因為他還有事情想問我。話雖如此，我的意識也快陷入昏迷，看來無法回應他的期待。「為什麼？」男人用顫抖的嘴脣這麼詢問。

「因為我是景的英雄。」

是不中意這個答案嗎？男人揮拳毆打我。我的意識又掉落到更深一層的冰冷黑暗當中。

我還不曉得景是否就在前方。

這是關於我如何愛上一個怪物的故事。

第一章

1

我是在升上小學五年級時，與寄河景相遇的。

我的父親經常調職。我們一直過著不到一年就換地方住的生活，在總計第七次搬家時來到了這座城市。

老實說，我滿喜歡那種生活的。畢竟這種生活可以當成藉口。就算無法習慣那個地方、無法順利交到朋友也無所謂。只要等一陣子就能重新來過，周圍的人也會與這邊保持不即不離的關係。

所以父親「這次是最後一次搬家了」的發言，對我而言等同死刑宣告。

「也讓望一直很不好受呢。已經不要緊了。雖然是中古的，但我也打算買棟房子。為了有個可以具體留給望的東西。」

「這樣就能好好交朋友了呢。你看，還可以跟這次交到的朋友一起上國中喔。」

調職生活結束、擁有自己的家——這些事情讓父母感到無比喜悅。看到他們彷彿在說今後只等著迎接光明未來般的笑容，我倒抽一口氣。內心幾乎陷入恐慌。那麼，要是在這邊失敗的話，會有什麼下場？這種話我不可能說得出口。過了一會兒後，我開口說道：

「太好了，我很期待喔。」

這就是我第一次對父母有所隱瞞的事情。

爸爸與媽媽融洽地挑選的獨棟房屋，寬敞氣派到讓人難以想像是中古屋，而且乾淨整潔。正因如此，我心想這下真的無處可逃了。

我在二樓有一間自己的房間。就連可以隨心所欲地裝飾房間一事，都成了我的精神壓力。我甚至希望有人可以指示我標準的小學五年級生應該貼什麼圖案的海報才好。

但是，也別無選擇。因為從今天開始已經不能從頭來過了。我記得我像在說服自己似地這麼低喃，第一次一個人入睡。

但是，事情也沒有簡單到可以在這邊想法一變，轉換好心情。

因為恐懼，我模擬了好幾次可能的情況。我會在換班級的時候轉學進去，所以說不定不會那麼引人注目。那個年級學生夠多的話，說不定能默默地融入同學之間。只要自我介紹時沒出錯，說不定能順勢交到朋友。沒問題的——我這麼說服自己，練習講些不會得罪任何人的自我介紹。就算被發現是轉學生，只要說今後請多指教就行了。

先從結論說起吧。

我的模擬練習沒有任何意義。

我轉進去的五年二班似乎有很多學生原本就認識，雖然剛換完班級沒多久，但大家都有說有笑，鬧哄哄的。那種獨特的小圈圈氛圍更助長了我內心的孤獨感。

儘管如此，一直到聲音特別大的班導進入教室，催促大家自我介紹為止都還好。從姓氏讀音「A」行的學生開始站起來各自進行自我介紹，從一般的自我介紹到想引人發噱的內容都有。對於這些自我介紹，有時會有人開嗆「怎麼又跟根津原同班啊！」有時會響起零星的掌聲。我壓抑著怦怦跳個不停的心臟，進行深呼吸。然後終於輪到我了。

鴉雀無聲的氛圍迎接著緩緩站起身的我，其他人一定在這時總算注意到我是個陌生的異物吧。但是無所謂，只要報上姓名，再說句請多指教就好了。在我下定決心準備開口的瞬間，班導的聲音插了進來。

「等一下，你是轉學生對吧？」

「啊……」

「沒錯吧！是吧！你站到前面，讓大家看清楚你如何？來啊！」

班導彷彿想說這真是個好主意似地對我招手。感覺拉開椅子的聲響特別大聲。當我勉強來到黑板前面時，我的身體已經因汗水而濕透。我甚至無法抬起頭來，就這樣張開乾燥的嘴巴。

「我……我是……」

「啊，你可以先在黑板上寫出名字嗎？」

「——啊，好。」

就在我像這樣按照班導說的，用歪七扭八的文字寫完「宮嶺」時，粉筆斷掉了。教室內發出較為含蓄的笑聲，只有剩餘那個「望」字大得突兀。光是這樣的小事，就已經讓我無法正常說話了。

明明不是多嚴重的失敗，眼淚卻彷彿快掉出來，為了忍住淚水，我說不出話。直到剛才還發出笑聲的周圍突然安靜下來，盯著我看，等我開口說話。我感覺那幾秒鐘的沉默就好像無法挽回的失敗，最後連名字都講不出來了。

「喂，你怎麼啦？」班導這麼問我也是糟糕透頂。之後周圍也察覺到這是出了什麼意外，開始騷動起來。就在我更覺得頭暈目眩，忍不住想蹲下去的瞬間，響起了某人氣勢猛烈地站起來的聲響。原本注目著我的同班同學們，同時轉頭看向那邊。

在教室的後方、從窗邊算起來第二排，眾人簡直就像說好似地注視著將長髮綁成兩束的完美女孩。

用紅色髮圈綁住的頭髮反抗重力往上翹起，從窗戶照射進來的陽光讓白皙的肌膚閃閃發亮。彷彿不會輸給自然光的聚光燈一般，偏褐色的眼眸閃爍著光芒。女孩全身洋溢著驚訝與喜悅之情，筆直地指向我這邊。在我開口說話之前，她先一步張開形狀優美的嘴脣。

「啊！宮嶺同學！」

那是個不可思議的聲音。以小孩來說有些低沉，但以大人來說又有些高亢的聲音。那聲音宛如樂器一般悠然自得，清澈地在教室裡響起。

「好久不見了呢，我是景喔。」

女孩這麼說，緩緩地放鬆表情。當然我對她毫無印象。要是見過這樣的女孩，我不可能不記得。就跟看過蒙娜麗莎的人忘不了她的微笑一樣。明明如此，她——景卻彷彿見到分離多年的好友一般，對我露出微笑。

感覺就好像在這個世界突然有了一席之地一樣，原本吞噬全身的緊張與恐懼彷彿波浪般退去，喧囂聲不再進入耳裡。

「是寄河認識的人嗎？」

班導這句話將教室的氣氛拉了回來。話中摻雜著驚訝，還滲出一種奇妙的溫暖。景充滿自信地點頭肯定後，周圍的人也跟著起鬨，七嘴八舌地說道「是景的朋友？」「咦～～真假？」話中摻雜著幾分親近感。直到剛才理應還被當成異物受到排擠的我，因為她的一句話，突然就被拉進了這個地方。彷彿受到那陽光影響一般，話語自然地從我口中溜出。

「……我是前陣子剛搬來這邊的宮嶺……望……那個，請大家……多多指教。」

那一瞬間，彷彿想稱讚我做得很好似地，女孩笑了。

「大家也多關照一下宮嶺喔。」

景這麼說道後，彷彿什麼事都沒發生過一般，就那樣重新開始自我介紹。我帶來的尷尬氣氛瞬間徹底消失無蹤。

簡而言之，就只是這樣罷了。儘管如此，在雙眼中飼養著星星，承受光芒於一身的景，那時的確是拯救了我。

當自我介紹結束，一到自由活動時間，景就被同班同學圍住，看不見她的身影了。其實我很想立刻到她身邊向她道謝，或者只有一次也好，我想跟她聊聊天。

我一邊想著這些事，一邊不死心地注視她那邊。就在那時，我跟可以從人潮縫隙間窺見的景有一瞬間四目交接，我慌忙地移開了視線。結果那一天甚至沒能講到一句話。那女孩居住的世界跟我不一樣啊——我還記得自己浮現了這種平庸的想法。

姑且不提這些，我與景的世界在物理上是連接在一起的。

因為父母抱持著夢想與希望購買的自家，就蓋在景家的隔壁。

「好久不見，宮嶺同學。還有，早安。」

來到通往小學的漫長坡道時，完全殘留在我耳中的那個聲音叫住了我。

今天的寄河景不是用昨天的紅色髮圈，而是用藍色水珠花樣的髮圈綁住頭髮。看來她似乎會依照當天的心情換顏色。景窺探著我，於是她背的書包也和頭髮一起隨之搖晃起來。景彷彿貓咪般嘴角略微上揚，同時等候著我的話語。

「早……安。」

「宮嶺同學起得真早呢？怎麼了嗎？」

就如同景所說的，我來學校的時間比上課時間還早一個小時。倘若是平常，明明在八點二十分前進入教室就行，但今天才剛過七點，我就來上學了。空蕩蕩的通學路上只有我與景的身影。

「那個，因為我是轉學過來的，有些文件得提出才行……所以必須在朝會之前到校。我才想問寄河同學，妳在這種時間做什麼呢？」

「我呀，是兒童會的晨間義工。我從去年開始就一直待在兒童會，雖然四年級的任期已經結束了，但我打算五年級也繼續當義工，所以在中間這段期間也會去幫忙。」

「晨間義工是什麼？」

「這個嘛，就是早上幫忙打掃、或是一星期進行兩次打招呼運動之類的。宮嶺同學以前的學校沒有嗎？配戴著臂章的孩子會在校門口打招呼。」

聽她這麼一說，之前就讀的那間小學，高年級的學生好像會在校門前打招呼；上一間學校也有清掃義工。看來這間學校似乎是由兒童會進行這兩種活動。

「寄河同學從四年級開始，就會這麼早到校嗎？……真厲害呢。」

「沒那回事啦，除了我之外也有其他人在當義工。」

「可是，我就連要在這個時間起床都覺得很辛苦。」

「我明白喔。我一開始也是設了好幾個鬧鐘，但現在已經習慣了。」

景一邊這麼說，一邊從容不迫地爬上漫長的坡道。跟因為才早起一次與爬不習慣的坡道奮戰就精疲力盡的我，有天壤之別。她的腳步實在過於輕盈，因此書包看起來就像羽毛一樣。這之後竟然還要去當清掃義工，老實說是我無法想像的事情。

「……但是，妳果然很厲害呢。寄河同學。」

「你這麼稱讚，我會害羞呢。」

「還有……」

「怎麼了嗎？」

我緊緊握住書包的肩帶，尋找著話語。雖然有種彷彿倒轉回黑板前面的感覺，但能跟大受歡迎的景搭話的機會，只有現在了。過了一會兒後，我開口說道：

「……我們以前沒見過面，對吧？」

我知道景是特意那麼說，好讓我可以加入大家的圈子裡。專程像這樣指謫出這點，是對景的貼心潑冷水的行為。但是，不知為何，我無法不說出口。

景看似溫柔地睇細那雙大眼睛，注視著我。然後這麼說了——

「嗯，是我搞錯了。但是，看到宮嶺同學時，我真的覺得我們應該在哪裡見過。」

騙人──我這麼心想。在那個時間點出聲的景，明確地是在幫我解圍。只是她的手法實在過於熟練，所以沒有人注意到而已。

「我也真心覺得如果跟宮嶺同學曾在哪裡見過面就好了。」

在我開口講些什麼前，景先一步這麼說了。景一邊露出惡作劇似的笑容，一邊輕飄飄地走在我兩步前方。

「不……不過，真的很謝謝妳。妳沒出聲的話，我大概早就出大糗了。」

我語無倫次地只說了這些。即使被迷人的女孩玩弄，非說不可的話仍然一清二楚。

「畢竟我不擅長交朋友，而且在那裡弄僵氣氛的話，應該說會很不好受嗎……所以說，有寄河同學在……」

我結結巴巴地述說著感謝的話語。從景的角度來看，或許不是什麼了不起的事。但是對昨天的我而言，景的行為是大恩大德。甚至讓我覺得既然眼睛無法好好看清楚，就想盡量用話語來表達。

這時，一雙冰冷的手觸摸了我的兩頰。我被強制抬起頭，雙眼與景散落著星星的眼眸對上。即使在遠處看，明亮的褐色也十分醒目的那眼眸，沐浴在早晨的陽光之下，彷彿揮灑著白色的飛沫。

「等……寄——」

「那麼，跟我當朋友吧？」

景在眼眸中能映照出彼此身影的距離這麼說道並笑了。我不禁往後仰的身體背著書包一起摔倒，我就那樣一屁股跌坐在地上。「我稍微嚇了一跳呢——」她這麼說的同時伸出來的手，果然還是有一點冰冷。

「……我也稍微嚇了一跳。那個，如果妳不嫌棄我的話……」

這時，景像是注意到什麼似地，揚起嘴角笑了。那是跟至今看過的任何笑容都不一樣、似乎很開心的笑容。

「你總算願意看我的眼睛了呢，宮嶺同學。」

聽到她這句話的瞬間，我滿臉通紅起來。與此同時，我也發現自己一直握著她的手，我連忙甩開。

「對……對不起！」

「被你這麼猛烈地甩開手，我有一點受傷。」

景稍微噘嘴之後，一鼓作氣地爬上了坡道。突然被拉開距離的我又慌忙地追逐她的背影，只要能攻略這個上坡，很快就會到學校了。我明明記得自己對遠處能看見校門一事感到遺憾，卻絲毫不記得這時自己跟景聊了什麼話題。這真是奢侈又常有的事，我只記得景，只記得找到了我的景。

我跟景在換鞋區道別。景似乎會直接到操場跟兒童會成員會合，我則要換上室內鞋，前往職員室。

「那麼……謝謝妳幫了我這麼多，寄河同學。」

「景。」

「咦？」

「因為大家都叫我小景或景，要叫寄河就成了『寄河同學』。這樣會變成特例喔。」

「妳說特例……」

那麼，還是叫景比較好吧？被她這麼一說，我別無選擇。花了許多時間之後，我第一次叫了她的名字。

「景……教室再見了。」

「嗯。那麼，教室再見嘍。」

景看似滿足地點了點頭後，輕盈地轉過身，搖晃著書包離開了。我的心情就好像完全被波浪擄走了一樣，茫然地目送她的背影。然後，我一直站在原地，直到看不見那髮圈的藍色為止。我在變成孤單一人的換鞋區，再一次呼喚景的名字。

然後，我抱著彷彿很重要的東西似地抱著還叫不習慣的那名字，前往職員室。

2

那之後我們的上學時間就再也沒有重疊過了。景因為有兒童會的工作，每天早上都會很早到學校，早上爬不起來的我則總是在勉強能趕上朝會的時間到學校。我與景的交集必然地消失無蹤。話雖如此，但景也並非完全忘了我的存在。景反倒一直牽掛著我。

我不擅長加入已形成的小圈圈，為了這樣的我，景總是若無其事地幫我一把。像是分組時讓我能順利加入小組、或者拋出話題給孤立的我接話。景厲害的地方在於不會讓人看出她那些行動是關懷。明明只是景幫忙促成的，卻有一種同班同學是主動邀請我或向我搭話的錯覺。

托景的福，我開始慢慢地熟悉這個班級。也開始交到經常聊天的朋友，過完黃金週時，我獲得了「原本就待在班上的低調學生」這種立場。我能夠獲得這張椅子，無庸置疑地是景的功勞。

景雖位於班級的中心，卻平等地重視班上所有人。回想起來，景的職責並非一介小學生，反而更接近老師還什麼的。班上除了景之外，還有負責指揮的女生冰山同學、和孩子王類型的根津原，但寄河景的職責更加獨特。基本上景跟所有人都平等地友好。

景喜愛所有同學，大家也都喜愛景。她無論何時都被善意的膜籠罩著，每當她在陽光中露出微笑時，教室內的氣氛就會得到調整。景是班上的循環器。

這樣一想，景的特異性從這時開始就相當顯著了。

來舉個例子吧。例如五年二班大概不存在所謂的多數決。

在要決定什麼事情或分配任務時，團體裡經常會出現對立的意見。這時最正統的解決辦法應該是多數決吧。

但那個班級卻一次也沒有進行過多數決。就連一次也沒有過。決定班級幹部時，三十四名學生漂亮地按照規定人數分配好職責。是大家都很成熟，會各自看場合的關係嗎？並不是那樣。我的班級也發生過一定次數的爭執、也像小孩一樣流行過無聊的迷信和都市傳說。像是用綠色的筆在筆記本上畫幸運草會提升成績、從喜歡的人那裡收到橡皮擦就會兩情相悅、還有YouTube的詛咒影片和傍晚一直不回家會被妖怪綁架等等，相信這些事情的孩子們，也不可能特別聰明。

儘管如此，五年二班仍維持著完美的秩序。

不光是這樣。就連合唱比賽的歌曲也是一次就敲定，甚至沒出現對抗的意見。所有人都舉雙手贊成文化祭舉辦爵士樂咖啡廳這種事情真的可能發生嗎？明明幾乎所有人都沒聽過什麼爵士樂。

但是，五年二班卻不斷發生這種奇妙的事情。

「這次也好好決定了呢。大家一起加油吧！」

以班長身分站在講臺上的景，每次都會面帶笑容這麼說道。

感情融洽的班級偶然的奇蹟。只不過，現在的我知道那魔法的一部分。

「宮嶺同學總是打扮得很整齊呢。」

在決定班級幹部稍早前，景曾對我這麼說了。景這麼稱讚讓我很開心，我暫時無法忘記那番話。現在一想，我的打扮並沒有特別整齊。或許是因為景那麼說，我才會在那方面一絲不苟。說不定這就是自己也不曾注意到的優點。

然後我在決定班級幹部時，報名參選了衛生股長。沒有出現其他競選人，我就那樣當上了衛生股長。女生報名參選衛生股長的只有谷中同學，她也直接當上了衛生股長。

現在我明白不只是我而已，景對所有人都做了一樣的事情吧。茅野同學會當上飼育股長、根津原會當上體育股長、還有井出同學以前是班長，都是因為聽了景的話。班級幹部是由景事先分配好的。當然，沒有任何一個人是被強迫的。大家都只是因為很高興有景看穿了自己的資質，而回應她的期盼而已。

景提議的合唱歌曲也是，大家都是打從心底感到喜歡。即使是對爵士樂一無所知的我，也覺得景推薦的《Fly With the Wind》聽起來很帥氣。

我思考何謂自由意志。五年二班的人無一例外地受到景的誘導。不過，被她帶領的我們對此事感到無比喜悅。真的能說其中沒有我們的意志嗎？我們是否選擇了被景帶領？如今我已經搞不清楚什麼才是真相。

3

轉機是在校外教學那天造訪的。

我們就讀的小學會在每年的十一月底進行校外教學。說是校外教學，其實也不過是像遠足延伸出去的小活動。只是前往搭電車兩站就到的自然公園，隨便選個地方寫生而已。

我們在陰天裡進行校外教學。因為是所有年級像這樣錯開日期舉辦的慣例活動，所以校外教學不太會突然中止。因為不能影響到其他年級，所以就算天氣差了一點，還是會照常進行。灰色天空下的氣溫有些涼颼颼的，包括我在內的學生，都同樣不怎麼起勁。

儘管如此，這個校外教學活動還是很輕鬆。只有這個活動就算一個人獨處，也不會顯得很不自然。雖然托景的福，我融入了班上，但我還是覺得一個人獨處比較輕鬆。

我在距離集合地點較遠的地方，描繪著形狀怪異的長椅。雖然我畫的圖就算講客套話也稱不上好看，但也沒有慘到會被嘲笑。

即使畫完了圖，還剩餘大約三十分鐘的時間。我漫無目的地在自然公園裡散步，環顧四周。因為是這種天氣，也沒幾個小孩在這裡玩樂，公園莫名地清靜。天空已經超越灰色，開始染成漆黑。原本還留在公園的孩子們也在父母帶領下快步離開。

我就是在這時發現景在安撫一個哭泣的少女。

景蹲下來讓視線跟少女平高，用誇張的肢體語言在講話。少女一邊點頭一邊聽著景說話，她的表情漸漸地開朗起來。沒多久後，少女雖然還揉著眼睛，但仍一邊揮手離開了。

我茫然地注視這一連串發展。這並不是我第一次看到景像變魔法一樣讓人冷靜下來的情況，只不過，將自己的繪畫道具和畫筒放在地面上，陪少女說話的景，彷彿與灰色天空成反比一般美麗。

就在我迷惘著該怎麼搭話的時候，景一邊拍掉沾在裙襬上的塵土，一邊站了起來。她轉了一圈，世界的視點面向我這邊。然後景像是大吃一驚似地睜大了眼。

「哇，嚇我一跳。你怎麼會在這裡？」

看到景一臉滿意的笑容，我抱著投降般的心情靠近她。

「……那個，因為我提早畫完了。我並不是跟在景後面過來的。」

「既然都看到了，怎麼不跟我打聲招呼呢。話說在前頭，我從更早之前就注意到你了喔。」

是騙人的嗎？景的視線絲毫沒有從少女身上移開過。但我也覺得既然景這麼說，很可能是那樣吧。我一邊掩飾看她看得入迷的尷尬，同時開口詢問：

「那女孩是……」

「聽說她是來放風箏的，但去上廁所的時候，放在外面的風箏不見了。今天風意外地強，說不定是被吹走了呢。那好像是她在幼稚園做的寶貝風箏。」

「但是，景讓她停止哭泣了啊。」

「沒錯沒錯，我向她講述萬物流轉與諸行無常之理。」

「妳騙人。」

我立刻這麼說道，於是景很開心似地咯咯笑了。她對那女孩施展了怎樣的魔法，似乎是她們兩人的祕密。

「話說回來，還真是湊巧呢。你竟然會發現找不到想畫的東西而四處徘徊的我。我們說不定其實真的很合得來喔。」

「怎、怎麼可能……」

景很開心似地說道，我不禁將視線從她身上移開，於是在視野角落看見一個以紅色與黑色構成的花俏物體。

「咦？那邊那個東西，會不會就是那女孩說的風箏啊？」

我指的是掛著「維修中」牌子的大型溜滑梯。爬上階梯後的出發處就彷彿用細長的益智積木打造的籠子一般，呈現圓頂的形狀。風箏卡在籠子的網眼處。

「太好了，我去拿下來。只要送到公園的辨公室，說不定會回到那孩子手裡。」

景這麼說並爬上溜滑梯，我並沒有阻止她。

明明應該看見了維修中的告示牌，我卻無法想像景會失敗的樣子，只是悠哉地仰望著景的身影。順利拿到風箏的景轉頭看向我這邊。然後在她將體重壓上扶手的瞬間，低沉的聲響伴隨著嘎吱聲響起。

我愣了半晌，不曉得發生什麼事。

回過神時，景已經倒在我的身旁。裂開的木材散落在景的周圍，但自己與景沒有撞上一事首先讓我鬆了口氣。要是撞上的話，情況一定會變得很嚴重。

「景，妳還好嗎？景……」

我邊說邊攙扶起景，然後不寒而慄。

景的右眼皮留下一抹像被野獸抓傷的傷痕。

皮膚彷彿裂開的布，附著在凹陷的肉的邊緣。我還無暇緊盯著那傷痕，鮮血便緩緩地覆蓋住傷口。景白皙的手按住眼睛，鮮血便通過她的手指間，在手背上形成血河。

是被滑溜的感觸嚇到了嗎？景微微地倒抽一口氣。我幾乎處於恐慌狀態地大叫。

「景！怎麼辦？怎麼辦？景，我們快點回去吧。」

「腳……」

「咦？」

「腳好痛……」

景的血河延伸到手肘，同時小聲地這麼說了。

「我背妳回去！」

但是——景虛弱地這麼說道，我強硬地背起她，於是景用力地在雙手上使力。我也配合著她的動作，穩穩地重新抱住景。

之後的事情我記得不是很清楚。景流的血弄濕了我的肩膀。看到臉上流著血的景的瞬間，包括老師在內的所有人都騷動起來，畢竟對象是那個寄河景。立刻有人叫了救護車，我跟景被拆散，被迫搭上不同的救護車。

就算有人問我發生了什麼事，我也無法正常地說話。比起毫髮無傷的我，反倒是受了重傷的景更能井井有條地說明原因。自己為了拿風箏爬上在維修中的遊具，結果受傷了。在自己動彈不得時，是宮嶺同學背起自己，帶自己回到大家這裡——她這麼說明了這一連串過程。

在救護車裡面，有人稱讚我做了很了不起的事，我很少被父母以外的人稱讚，這件事重擊了我的心靈。我就那樣與景被送到同一間醫院，但當然我什麼事都沒有，醫師只是看了看我的狀況，診察就結束了。

「景怎麼樣了呢？」

在離開診察室之前，我這麼詢問醫師。腳扭傷、角膜沒事，是個讓人能放心的結果。醫師也稱讚了背著景回來的我。

「但是，明明是女孩子，臉上卻受了傷，真是可憐呢。」

這是醫師不禁脫口而出的話吧。肯定是因為景是個長相非常漂亮的女孩，才更會順口說出這樣的話。但是，那番話讓我的罪惡感突破了界限。

都是我不好，當時只有我能夠阻止要爬上溜滑梯的景。

景會受傷都是我害的。

那之後過了一星期，景都沒有來學校。

因為聽說了景的傷勢不會危及生命，我的內心更加騷動不安。教室裡的話題也一直圍繞在景身上，甚至還傳出景撞到頭而陷入昏迷這種一點都不好笑的謠言。話雖如此，但我也不能對景的事情多做評論。

苦惱許久之後，那一天放學後，我造訪了景家。我在刻著「寄河」文字的黑色門牌前深呼吸。玄關前並列著用來放舊報紙的木製盒子，還有學校要我們培育的三色菫盆栽。不愧是景一手培育的，那花非常漂亮。我注視幾秒之後，按下門鈴。

我明明也做好會被趕回家的覺悟，卻很乾脆地被允許進入景的家裡。

景的家整理得非常整齊。客廳裡四處裝飾著景的照片。看到被父母緊抱且一臉幸福地微笑的景，還有擔任童裝模特兒、擺出嚴肅表情的景，我心想他們一定是很幸福的一家人吧。

我將探望用的長崎蛋糕交給景的媽媽，於是她媽媽連同校外教學的事情向我道謝。我尷尬地移開視線，然後被帶到景的房間前。

「……景？」

『可以進來喔。』

景隔著房門的聲音明明很低沉，卻依然響亮。

我戰戰兢兢地進入房裡，看到景在床上。她背對這邊，眺望著窗戶。景就那樣開口說道：

「謝謝你來探望我，因為我一直在想得好好跟宮嶺同學道謝才行……」

「……那個，妳還好嗎？大家都在等景來學校喔。」

「我沒辦法去。」

邊說這句話邊轉過頭來的景，用白色繃帶覆蓋著右眼。看到那繃帶的瞬間，我想起在公園聞到的血腥味。

「……我沒辦法去，因為我現在很噁心。」

景碰觸著右眼周圍。

「妳說噁心是指……」

「要是被看到這張臉，大家都會討厭我。」

她的聲音沉痛地顫抖著。然後我猛然驚覺到，景是個有著超凡美貌的女孩。我想起第一次見到景時，看她看到入迷一事，她至今一定也被很多人稱讚過容貌吧。那樣的景臉部卻受了傷，那會是多麼龐大的恐懼呢？

當然，景的魅力不只有外表而已。儘管如此，她應該還是會比其他人更容易感受到別人突然轉變態度的恐懼。

「才沒那回事！大家怎麼可能討厭景——」

「就算這樣？」

景這麼說的同時，她的手緩緩地解開繃帶。繃帶底下的白色紗布也被拿掉之後，從眼皮上方縱向延伸到臥蠶、慘不忍睹的傷口顯露出來。彷彿紅色裂縫的傷口比想像中更加毫不留情，我不禁潸然淚下。

「……對不起，居然讓宮嶺同學露出這種表情，果然——」

「沒那回事。景……景無論變成怎樣，都很漂亮喔。」

倘若是平常，這種話明明會害羞到說不出口，但話語卻自然地脫口而出了。景像是晴天霹靂一般瞠目結舌。

「我……我哭是因為覺得自己太窩囊，那時候也是，如果是我爬上溜滑梯就好了。那樣的話，景一定不會有事。對不起，真的對不起。」

其實那傷口應該加諸在我身上才對，想要倒轉時間的念頭不曉得浮現過幾次了。對不起、對不起——我一邊重複毫無意義的道歉，同時向神祈禱，希望至少能賜給我同等的傷害。

「我想大家也是，絕對不會討厭景的。就算這樣，假如還是有人說景的壞話，我會挺身而戰的。」

感覺由我來說這些話是有些過分了，至少不是在哭哭啼啼又滿臉通紅的狀態下該說的話。儘管如此，我還是忍不住想這麼說。

這時，景緩緩地開口了。

「那麼，宮嶺願意成為我的英雄嗎？」

從寄河景說出這句話的瞬間，我的餘生便揭開序幕。

儘管當時我還年幼，卻已經確信這就是自己的人生當中最美好的瞬間。

「無論什麼時候、無論是怎樣的我，宮嶺都願意保護我嗎？願意站在我這邊嗎？」

「……嗯，我答應妳。無論發生什麼事，我都會保護景。會站在妳這邊。」

「那麼，跟我約定。」

暴露出傷口的景就那樣坐在床上，將手伸向這邊。

「無論生病或健康——」

「……那不是婚禮時才會講的臺詞嗎？」

我這麼說，於是景今天第一次笑了。勾著我的小指十分溫暖，我現在也記得那觸感。

隔天，當教室的門打開，景現身的那一瞬間，時間停止了。

景的臉上依舊戴著眼罩，她一如往常地露出微笑。我還記得細長的紅色緞帶裝飾著她宛如註冊商標的雙馬尾，與白色眼罩形成奇妙的對比。

班上所有人都倒抽一口氣，注視著景。我想那並不是因為遮住右眼的她看起來令人痛心。反倒正好相反。景的身影非常美麗。

我都不曉得原來眼罩是引力這麼強的東西，看到景的人首先都會看向那繃帶，然後就被在一旁的左眼光輝給迷住。

在景開口之前，甚至沒有任何人能夠動彈。

「大家早。」

這句話讓所有人都像回過神似地動了起來。大家飛奔到景身旁，異口同聲地說出擔心的話語。聽到那些話，景像是感到放心似地微微吐了口氣。我想在那間教室裡面，大概只有我注意到這件事吧。

幸好經過一星期後，眼罩也能夠拿下來了。要是靠近到能夠接吻的距離，勉強可以看見遺留下來的傷痕，但從遠處看已經完全不會注意到了。但我跟景的約定仍然沒有消失，直到景死亡為止，我都不曾遺忘。

就這樣，從校外教學那次事件之後，我的人生有了劇烈的轉變。

因為就在我成為景的「英雄」後，換根津原亮主導的殘忍霸凌揭開了序幕。

那是從校外教學的隔週開始的。

一開始是橡皮擦。因為是用了大約一半、已經變小的橡皮擦，我以為一定是在某個時間點弄丟的吧，當時並沒有放在心上。

接著是鉛筆。我會帶套著紅色、藍色與綠色筆蓋的鉛筆到學校，但紅色筆蓋的鉛筆不見了。

真奇怪啊。雖然我這麼心想，但還有剩下的兩枝，而且高年級也可以使用自動鉛筆，所以我沒放在心上。但是隔天換那枝自動鉛筆不見了。

教室的氛圍跟平常沒兩樣。只不過，只有發生在我身上的事情變得不對勁。儘管如此，我還是努力地不去在意自己碰到的事情。

然後第三天，看到從正中央折斷的鉛筆被放在鉛筆盒裡，終於讓我臉色蒼白起來。要相信這並非惡意，實在太困難了。我避開眾人視線，闔上鉛筆盒，沒有做任何筆記地上完課。

從一個橡皮擦開始的惡意逐漸擴大。我一個沒注意就會有東西不見，所以我必須盡可能地待在自己的座位上。就算這樣，還是有打掃時間和換教室的時候，我無法徹底防止。

仔細一想，說不定在這個時候找個人商量就好了。有人偷了我的東西，有人在找我麻煩。要是在這時說出來，說不定還能請人幫忙應付。但是，我說不出口。

我瞥了一眼在教室角落談天說笑的景。在做了那個約定之後，我們的距離也沒有太大的變化。只不過偶爾閒聊的時候，景的聲音聽起來比之前更加溫柔。正因如此，我唯獨不想被景知道，也無法告訴任何人。

那一天我的桌子裡被丟了泡水的課本，我必須在放學後偷偷地擦乾它。我帶著乾掉之後變得皺巴巴的課本，將自動鉛筆放在口袋裡，來學校上學。

剛放完寒假沒多久時，景罹患了流行性感冒。

景是那年冬天第一個發病的人，班導和班上所有同學都同樣擔心著景。當然我也不例外。景不在的教室感覺更加冰冷，總覺得讓人非常不安。雖然我一直瞞著景自己被霸凌的事，但她的存在對我是莫大的救贖啊——我強烈地意識到這點。

班上熱烈地討論著要由誰把今天的講義送去給景。患上流行性感冒的話，大概會休養一個星期，所以大家的結論是輪流送講義給景就好。原本應該是相當麻煩的任務，但只因為對象是景，送講義簡直就成了一種活動。

我去探病的話，景會感到開心嗎？

我忽然浮現這種想法。大家要輪流去的話，明明也沒有講義可以送。但我去探病的話，景會不會感到開心呢？等她燒退之後，帶些甜食去探望她或許也不錯。

那天午休，我發現父母剛買給我的圍巾被人用美工刀割破，放在桌子上。今天的我是負責分配午餐的值日生，無論如何都必須離開教室。

跟平常不同，那圍巾是光明正大地被放在桌上。可能因為這麼明顯地找碴是第一次，我的心臟跳動得更加厲害。

這時，有個人故意過來撞呆站在桌前不動的我。

「你很礙事喔。」

根津原亮一邊冷笑，一邊這麼說道，然後笑了。那一瞬間，我得知了讓我苦惱許久的霸凌主謀就是根津原。我的背後竄起一陣惡寒，雙腿發軟。

根津原對我發出明顯的敵意，一臉不快地瞪著我看。被他推撞的我看向周圍想求助，但同班同學都一致移開視線。

我在班上的確沒有多受歡迎，幾乎沒有人會向我搭話。但是這麼露骨地被無視，還是頭一遭。為什麼？我小聲地這麼說道的聲音，在空洞的教室中回響。

「你別得意忘形了啊，宮嶺。」

根津原這麼說，又推了我一次，我的身體將桌子一起撞倒在地上。無論是冰冷的地板感觸、還是感受到的疼痛，總覺得都沒什麼真實感。

景的存在救贖了我——這點並沒有錯，只是這件事遠比我想像中更加切實罷了。跟平常截然不同、變得十分明顯的霸凌，能夠想到的主要原因只有一個。

就像我試圖瞞著景自己遭到霸凌一樣，根津原也瞞著景在霸凌我吧。

我微微倒抽一口氣，抬頭仰望根津原。

景不在的一星期宛如地獄。

結果我並沒有去探病，我甚至沒有餘力去想那些事情。在這種寒冷的天氣裡，我被潑了一整個水桶的水，不可能還留有正常的思考能力。不知根津原是否認為景因為流行性感冒請假的期間是個好機會，他的霸凌行為變得比之前要誇張許多。同班同學把我當成不存在的東西，我在教室角落遭到毆打，也沒有人會來阻止。

「你長得像個女人一樣，很噁心耶。」

根津原拉著我的頭髮這麼咒罵。就算想逃跑，與根津原要好的佐村和大井也堵在

我的兩側。我想說些什麼，但根津原狠狠地踹向我的腹部，我不禁想嘔吐。我不曉得自己為什麼會遇到這種事情。被塞在書包裡的垃圾、與充斥鼓膜的「去死」的話語，讓我只能以淚洗面。

明明如此，這一切卻在寄河景來上學的瞬間都劃下句點。

戴著鬆軟的保暖耳罩與粉紅色圍巾的景打開教室門的瞬間，一切都改變了。

「大家早～好久不見了呢，總覺得過了很長一段時間呢。」

景這麼說，露出有些為難的笑容。看到景現身，同班同學們一窩蜂地聚集到她的周圍。妳沒事吧？我們很寂寞呢——景開朗地一一回應這些話語。根津原也開朗地向景說：「我一直很擔心。」

看到這景象，總覺得到目前為止的事情，可能都是一場夢——我這麼想。明明衣服底下有還沒消失的傷痕，但景一來學校，世界便逐漸恢復成正確的形狀。

她一回到學校，到目前為止的事情就好像假的一樣，顯而易見的霸凌停止了。原本無視我的同班同學開始像往常一樣會跟我說話，根津原也不再對我使用暴力。雖然我的東西還是一樣會不見，但都是些不會被景發現我遭到霸凌的小東西。甚至讓我覺得或許霸凌會就這樣平息下來。

正因如此，才能輕易地想像到我升上六年級後，與寄河景分到不同班級的事情會造成多大的影響。

4

我升上六年級，跟景不同班了。明明如此，根津原和他的跟班卻跟我同班，這安排真是過分。變成隔壁班同學的景看似遺憾地對我揮手道別，我被丟進了景不在的那一星期。

景已經不會回來了。我像家常便飯一樣遭到無視，被根津原他們暴力相向。班導跟之前的班級一樣，是間山老師，所以才更加糟糕。為了讓班級順利地經營下去，對我見死不救是更好的處置方式。

「為什麼……」

僅有一次，我向根津原這麼詢問過。為什麼是我呢？為什麼要這樣欺負我呢？有一瞬間，我認為這說不定是在懲罰我傷害了景。但是，景並沒有說我才是她受傷的原因。沒有人因為景那次受傷懲罰我。根津原依舊面露甚至讓人感覺柔和的笑容，冰冷地說道：

「沒有為什麼。」

根津原的暴力漸漸變得激進。

我們就讀的小學在部分情況下允許攜帶智慧型手機。因為有很多要考國中的學生，放學後會直接前往補習班。當然學校禁止在放學後以外的時間使用手機，還附帶被抓到的話會沒收手機這種嚴格的條件。

但是，根本沒人會認真遵守這種規定。大家都在老師沒看到的地方自由地使用智慧型手機。聰明的他們不會讓手機在上課中響起，十分有效地利用手機。

我和根津原也在通訊軟體上是「朋友」。以前跟景同班的時候，她推動班上所有人交換聯絡方式。所以即使從來沒有互傳過訊息，我也跟五年二班的所有人連接在一起。

升上六年級後過了一個月時，根津原第一次傳送了訊息給我。

是怕我當成證據提交到其他地方嗎？根津原為了避免留下物證，不會傳送「去死」或「別來上學了」這種訊息給我。那樣的根津原首次傳送給我的訊息是某個部落格的網址，沒有任何說明。在這個時候我已經有一股不祥的預感，我甚至花了好幾分鐘才點開那個網址。我緊張地吞了吞口水，看著讀取中的圖標轉圈。

過了一會兒，顯示出一個套用了模版的簡單部落格。

被命名為「蝴蝶圖鑑」的那個部落格，只是平淡地上傳了人手的照片。

照片只有拍攝到手腕以下與背景，這種照片原本是無法特定出個人的。但我卻知道那隻手是誰的手。

因為那照片拍的是我的手。

認知到這點的瞬間，胃酸反射性地湧上喉嚨。

那張照片拍的是打掃時間被潑了水的我的手；那張照片拍的是他用原子筆刺我大腿時我的手；那張照片拍的是衣服全部被脫光、被關進體育倉庫時的我的手；那張照片拍的是背後被他踩著，仍拚命往外伸出的我的手。

所以才叫「蝴蝶圖鑑」，將捕捉到的獵物裝進標本盒裡給眾人看，這命名品味真是狠毒。正因為容易看出根源，更顯得惡劣至極。自己有雙手這件事突然讓我感到噁心。

他也覺得把我有露臉的照片放上去很不妙吧。那樣很快就會穿幫，也容易演變成問題。但如果是只有拍到手的「蝴蝶圖鑑」，就很難被揭穿。

即使想以侵害隱私權為由檢舉這個部落格，只是刊登手部照片，會被刪除嗎？說到底，知道這是我的手的人，也只有根津原他們和我本人而已。這手法實在太高明了。我這時首次得知所謂的惡意有多麼深不見底。

我碰觸螢幕裡的我的手。配上手機面板的溫度，有一種彷彿在碰觸自己當時的手一般、令人毛骨悚然的感覺。這時我終於忍不住吐了。我一邊嘔吐，一邊仍不忘關掉那個網頁。不能讓父母看到這種東西。

父母溫柔地撫摸突然嘔吐的我，拿了白開水讓我喝。他們明明那麼忙碌，但兩人都請了半天假照顧我。正因如此，我才無法說出真相。

該說是不幸中的大幸嗎？我已經開始出現失眠的徵兆，他們認為我身體不適和沒有食慾，都是因為失眠。其實小學生失眠似乎不是多罕見的事情，他們並沒有過問我失眠的「原因」。

我偷偷丟掉拿到的藥，窩在棉被裡發呆。失眠被我拿來當成理由，掩蓋真正的痛苦。

隔天我好好地去上學了。因為一覺也沒睡，我走路搖搖晃晃，幾乎是靠反射反應前往學校。

「你要是請假，我會給你加倍的苦頭吃。」

根津原也沒忘記這麼事先警告我。其實就算他沒這麼說，我也早就失去了反抗的力氣。

蝴蝶圖鑑今天也像這樣持續更新，對自己的霸凌以充滿惡意的形式暴露給全世界看。一想到這些，感覺就比至今要難受好幾倍。在霸凌的高潮響起的快門聲，是執行死刑的暗號。

只不過，根津原也漸漸開始產生異常。持續這種扼殺人類靈魂的行為，不可能對他本人沒有造成任何影響。因此根津原主動拋棄了身為人類的心靈，他像是被什麼給命令一樣，彷彿例行公事般地欺凌我。

是因為一直重複這種行為嗎？最初的轉捩點造訪了——寄河景發現了他對我的霸凌。

包括根津原在內的六人，平常一到放學後就會立刻包圍住我，宛如儀式般對我施加暴力，但那天卻沒有任何一個人來抓我。倘若是平常，他們明明一定會在換鞋區或教室出入口等著堵我。我內心浮現了一丁點的期待，心想說不定能就這樣平安無事地回家。

我立刻用跑的前往換鞋區，這時，我在走廊碰到了根津原的跟班之一。比別人高上一倍、身材瘦弱的他應該是叫做天野。天野獨自一人，其他跟班和根津原都不在。天野不知為何露出有些畏懼的表情，小聲地低喃。

「都是你，都是你害的，寄河她……」

咦？在我這麼發出疑問前，天野一溜煙地跑掉了。究竟是怎麼回事呢？我立刻看向天野剛才跑過來的方向。那邊有體育館，角落的器材室是根津原很中意的地方，他經常用來霸凌我。

不祥的預感讓我的身體顫抖起來，其實應該趁沒被根津原抓到時回家比較好。這麼一來，就能逃離今天的霸凌。但我的雙腳卻與意志無關，跑向了器材室那邊。天野剛才提到了景的名字，那到底是什麼意思呢？

我進入體育館，前往器材室。再過一小時就會有參加社團的學生過來使用這裡，無論發生什麼事情，到時都會有人來幫忙吧。當然，不是我也沒關係，但是我的腳停不下來。

器材室裡面很暗。我急忙開燈，環顧周圍。

可以看到放在裡面的跳箱在搖晃。跳箱上面堆著排球用的球、和用來給球打氣的打氣筒。不會吧——儘管這麼心想，我還是飛奔過去，移開那些東西。然後用幾乎快哭出來的聲音大喊：

「景！」

我將跳箱的第一層拋向一旁，窺探裡面。

「……宮嶺。」

剛強的寄河景儘管雙眼通紅，仍沒有哭泣。彷彿在壓抑隨時會發出來的哀號一般，緊緊地咬著嘴脣。濕潤的雙眼因驚訝而睜大，牢牢地凝視著我。

「你遵守約定了呢。」

「這種事根本算不上救了妳。」

「沒那回事喔，不愧是我的英雄呢。」

哈哈哈——在發出笑聲的瞬間，淚珠從景的眼裡潸然落下，呻吟聲順勢從景的聲音中流露出來。

「我沒辦法阻止。」

「呃……」

「我向根津原同學說了，我問他是不是在對宮嶺做很過分的事。如果是的話，希望他立刻停止，結果根津原同學就生氣了……」

這時我才首次掌握到情況。

我遭受到的霸凌終究被景給發現了。

然後景立刻去找根津原直接談判了吧。她肯定是以就像在決定合唱歌曲或班級標語那般的愚直態度去對抗根津原，但是唯獨這次，景的魔法也起不了作用。根津原明明那麼喜歡景，但這次他也不聽景的話。

「……根津原同學非常可怕，我一提到宮嶺的名字，他又更加氣憤……我明明都說我討厭這樣，他卻把我關在這裡面。」

所有的點都連接起來了。

無論是根津原固執地霸凌我的理由、至今為止景能夠華麗地整合大家意見的理由、還是景的魔法唯獨這次起不了作用的理由，都是一樣的。知道原因的話，其實是很單純的事情。

因為根津原亮喜歡景。背著景回到大家身邊的我，對根津原而言是嫉妒的對象吧。其實根津原一定也很想幫助景，但我明明不是救了景，我做的事情正好相反。那麼，說不定這樣的懲罰正適合我──雖然為時已晚，我仍這麼心想。同時我也覺得應當是期盼已久的懲罰過於嚴酷，而差點崩潰的我，或許是個卑鄙到不行的人。

儘管因為罪惡感與痛苦與自我厭惡，差點要大叫出聲，我仍拉起了景的手。我現在該做的事情不是在這裡蹲著不動。

「景，就這樣和根津原碰上的話可能會很不妙……我們快點離開吧。」

「嗯。」

此刻在這裡與根津原他們碰上，是最糟糕的發展。我握著景的手，邊祈禱邊來到外面。我們離開校門，直到來到坡道這邊為止，什麼都沒有說。

然後在到達家裡附近的三叉路的瞬間，嗚哇啊啊啊──景發出像孩子般的聲音哭了起來。

隔天，根津原並沒有提到關於景的事情。看來在他內心，似乎認為景是自己脫離跳箱裡面的。不管景再怎麼厲害，一個小學女生怎麼可能從那裡面逃離。

但是，他想相信是那樣吧。因為火冒三丈而把景關起來的根津原，後來肯定後悔不已。正因如此，他才採用了景輕易逃離那裡的劇本，因為不想承認自己對她做了很過分的事情。

我的日常還是一樣，這次換我被用跳繩綁住，然後再關到跳箱裡面。以過於勉強的姿勢被關進跳箱裡十分痛苦，被關進跳箱裡的大約一小時期間，我一直想吐。

「聽說雞會吃沙子來治療胃喔。」

根津原笑道。離開跳箱之後，我被迫舔沙子。這次不只是想吐，而是在操場上嘔吐了。

被拍了手部照片之後，我終於獲得解放，我頂著感覺缺氧的腦袋前往換鞋區。一想到景也體驗過那種呼吸困難，罪惡感更充斥了我的內心。

最近的我為了避免鞋子被丟掉，把鞋子藏在職員那邊的鞋櫃。就連這種短淺的對策，對我而言也非常重要。要用不小心弄髒了當藉口，哀求父母買新鞋給我也有限度。

但是，我應當已經事先藏起來的運動鞋不見了。難道這個藏匿處也被根津原他們發現了嗎？我這麼心想，心情黯淡下來時，忽然有人從背後遞出什麼東西給我。

「給你，這是宮嶺的鞋子。」

景這麼說，將依然乾淨的鞋子遞給我。

「因為事務員說今天要把職員用的鞋櫃打掃乾淨，我想被發現的話就不好了。我趁打掃時間偷偷地先把鞋子移動到我的鞋櫃裡了。」

是景悅耳且不會過於尖銳、從深處響起的聲音。我從景手中接過鞋子，同時目不轉睛地注視被夕陽照耀著的她。

「……對不起，謝謝妳。」

「為什麼是宮嶺要道歉呢？錯的是那些擅自把鞋子扔掉的人喔。」

景露出一臉不快的表情這麼說，但我無法直視她的雙眼。我遭到的霸凌仍然持續著，現在也處於我必須將鞋子到處藏起來的狀態——被景知道這些事情，讓我感到很難為情。

景看到我被霸凌。每當意識到這件事，就覺得悲慘到很想死。是看透我這種狀況了嗎？原本面帶笑容的景，表情漸漸陰暗下來。我小聲地低喃。

「……根津原他……」

「你想問之後怎麼了嗎？……他早上來兒童會室了喔，然後他跟我道歉了。但是，我覺得很不可思議，所以開口問了。既然能跟我道歉，為什麼不能跟宮嶺道歉呢？我這麼問他，結果他無視我走掉了……我不懂呀，為什麼大家要欺負宮嶺？雖然問了理由，但結果我還是不明白。」

「……理由？」

「那之後我想根津原同學已經無法溝通了，這次換問周圍的其他人。我問他們為什麼要欺負宮嶺？但大家都答不出所以然。就算能夠回答，也是說因為根津原同學那麼做。這樣很奇怪吧？我明明是在問村井同學和藤谷同學欺負宮嶺的理由。」

景當真感到不可思議似地說道。哪像我一直認為班上的掌權者叫大家無視某人的話，大家就會無視那人是理所當然的，但景似乎不那麼認為。她大概認真地相信人類基本上都是好人的性善論吧——我這麼想。

「大家都只是隨波逐流而已呀……他們不是憎恨宮嶺，只是受到根津原影響。」

「或許是那樣，但那也沒辦法啊。畢竟包庇我的話，下次說不定就換他們被霸凌了……」

我一邊說，同時也心想「真的是那樣嗎？」

就像從正面去挑戰根津原的景一樣，即使根津原對此反射性地使用了暴力，但霸凌對象會就此轉移嗎？搞不好直到我死掉為止，根津原都會維持現狀，鍥而不捨地攻擊我也說不定。即使從小學畢業，升上了國中，說不定霸凌也不會結束。

一想到這些，我的雙腳突然站不穩了。明明景就在眼前，卻感覺快哭出來。我要成為景的英雄——自從說了這麼難為情的話後，我好像愈來愈落魄。

「……那麼，謝謝妳幫我保管鞋子，再見。」

為了不讓景看到我哭出來的樣子，我很快地說完，將鞋子扔到染上晚霞的磁磚上。我幾乎是趿拉著穿上鞋子的瞬間，景用不由分說的語調對我喊「等一下」。明明趕緊離開就好了，但她一句話就讓我像鬼壓床一樣動彈不得，停下腳步。

「我看了蝴蝶圖鑑喔。」

景依然維持嚴厲的語調，直截了當地這麼說，其實她從剛才開始就一直在等待講這件事的時機吧。但光是聽到那個詞彙，我的脊背便打了個寒顫。

「雖然昨天沒能說出口，但我聽說了那個部落格的事情，所以才察覺到的。」

景的人脈很廣。在這間學校發生的事情，她遲早都會得知。但沒想到傳話遊戲居然擴散到那麼大的範圍。究竟這個年級有多少人知道那些惡意的集合體呢？

喉嚨深處突然像被勒住似地發疼，淚水的薄膜終於還是張貼到雙眼上。沒救了，好痛苦。

「嗳，宮嶺，照這樣下去不行呀。不是找老師……去找其他大人求助吧，情況愈來愈糟糕了喔。照這樣下去，宮嶺會……」

「那樣不行啦……」

「根津原同學已經停不下來了，對吧？只要好好說明，一定會有人可以幫助宮嶺的。我很擔心宮嶺喔……我什麼都願意做，我們一起奮戰吧。」

「別這樣啦，景，別說這種話……」

「宮嶺說不出口的話，只能由我採取行動啦，我無論如何都想幫宮嶺……」

「我叫妳別這樣了吧！」

我的聲音大到連自己都嚇一跳。看到儘管眼淚撲撲簌簌地掉落，仍激動地這麼說道的我，景首次感到畏縮。我低著頭，流下大顆淚珠，水滴順著重力弄濕了磁磚。

「拜託妳，算我求妳了……別說出去……」

「宮嶺……」

「假如景把這件事告訴我的父母，或是警察的話，我就無法繼續跟景待在一起了……」

「為什麼？為什麼你要這麼說呢？」

「如果要變得比現在更『可憐』，我寧可去死……」

睡眠不足讓我頭痛不已，我自己也不曉得到底在講些什麼。景的表情因為打哆嗦而逐漸扭曲，冷靜思考的話，可以知道景才是正確的。

但是，我內心的優先順序已經完全失常，看不見正常的方向。假如霸凌的事情公諸於世，大人們會看到那個蝴蝶圖鑑。我每天趕忙洗澡遮掩起來的身體傷痕，也會暴露無遺吧。光是想像這些情況，我就覺得無法接受，我一定沒辦法忍耐。在根津原得到應有的制裁前，我會先死掉。

「宮嶺現在只是身心俱疲而已，所以才會說出這樣的話喔。你沒辦法好好睡覺對吧？所以、所以……」

「理由什麼的我很清楚。但是，今後我能正常睡覺的日子根本不會到來。」

「噯，別說什麼會死掉啦，求求你，千萬別想些奇怪的事情。」

「既然這樣，就別再講這種提議了……如果妳希望我活著的話。」

就這樣，我折返回頭，前往換鞋區，這次她沒有挽留我。一想到景可能是因為將我逼入絕境的愧疚感而動彈不得，胸口就一陣疼痛。但是比起那陣疼痛，我更拚命地想要保護自己。

為了遮掩哭泣的面孔，我繞到公園，洗了好幾次臉。然後在淚水的痕跡只剩下像是充血的雙眼後，才回到家裡。

拒絕了景的提議的我，那之後也持續遭到欺凌。

在逐漸像是身處白日夢中的視野裡，只有暴力降臨。因為我沒有求助，所以沒有任何人會來救我。

根津原幾乎像是義務似地欺負我，我勉強忍受著他的欺凌。

然後有一天，我從樓梯上被踢下去，左手啪一聲地骨折了。

那天根津原似乎心情煩躁，罕見地施加了直接的暴力。我被毆打腹部，倒落在走廊上，就那樣以倒落在地的姿勢被踹了背後，從樓梯上摔落。

因為一直睡眠不足的關係，我無法在跌倒時冷靜地保護身體，我的身體宛如木桶一般往下滾落。然後撞上樓梯平臺的牆壁，才總算停了下來。

我最先浮現的念頭是「這下說不定暫時沒辦法在父母面前正常地脫衣服了啊」，或許老實地說我因為踩空而從樓梯上摔落了比較好。希望背後沒有留下腳印，我邊這麼想邊爬起身。

然後注意到一陣劇痛，我看向疼痛的來源，可以看見我的左手朝不正常的方向彎曲。

雖然至今為止遭受過許多折磨，但被弄到骨折還是頭一次。看到在不該彎曲的部分彎曲的骨頭，一種本能的恐懼襲向了我。我心想身體說不定會就這樣變得四分五裂，眼淚慢慢地溢出。

但也有一種彷彿跨越了界限的感覺。畢竟我都這麼慘了，根津原他們今天應該會放過我了吧？今天的霸凌應該會就此結束吧？我抱著這樣的期待。疼痛讓我微微吐了口氣，痛苦到冒汗的我，從旁人眼裡看來應該也很悽慘吧。慘到已經沒必要還繼續落井下石。

原本在樓梯上的根津原等人慢慢地走下來。根津原就算口吐惡言，一定也還是會送我到保健室，要我說「我是自己腳滑摔下來的」吧。雖然最糟糕的劇本，但可以就此結束的話，那樣就行了。因為骨折的地方實在痛得不得了。

但是，卻不是那樣。根津原依舊面無表情，從口袋裡拿出銀色的智慧型手機。然後他推倒我，調整位置之後，像平常一樣拍了照片。拍下我在手肘和手的中間地點啪一聲地骨折的手。

然後他像是想起來似地讓我站起身，帶我到保健室。之後的劇本就跟我想像的一樣。我向父母與保健室的老師說明我是自己摔落的，到醫院接受治療。衣著整齊的醫生笑著說「你還年輕，骨折很快就會癒合的」，摸了摸我蓬亂的頭髮。

感覺就好像在水中聽那些話，我的意識還遺留在樓梯平臺那邊。媽媽說「沒事的，會好的」，也不輸給醫生似地撫摸著我的頭。就連那樣的觸感，感覺都事不關己。我坐車回到家裡，吃了止痛藥代替安眠藥，鑽進床鋪。

然後我久違地點進蝴蝶圖鑑。

部落格的照片比首次看到時變得更多了。最上頭的新照片是我接在骨折手臂前方的手掌。當然，那張照片將手腕以下的部分裁切掉了，所以絲毫沒有拍攝到我的痛苦。這個部落格還很細心地設置著訪客計數器，根據計數器的數字來看，今天似乎已經有十二名訪客。

看到那數字的瞬間，笑意忽然湧上喉嚨。

為什麼只有我遇到這種事呢？答案很簡單，因為我惹根津原不爽。會惹他不爽是因為我背著寄河景回到大家身旁，因為我試圖成為景的英雄。

但現在感覺那樣的契機不過是瑣碎的小事，根津原是為了霸凌我在霸凌，我也只能認命地忍耐。

我關掉蝴蝶圖鑑，一邊揉著疼痛的左手，同時強迫自己閉上眼睛。當然我沒辦法安穩地入睡。

儘管如此，我還是會去上學。我不曉得為什麼都碰到這種事了，還非得去上學不可。但現在仔細一想，除了按照眼前的例行公事行動之外，我沒有其他生活方式了。要是稍微停下腳步、要是稍微逃離那個環境，我大概會就那樣死去吧。

正因為到了現在，我才會覺得要是能逃掉就好了。我應該向人求助、改變當下的狀況才行。但是，這些都是因為到了現在，我才能這麼認為。

心靈被燃燒殆盡，什麼也不剩，宛如殘渣一般的我，不可能有那種思考能力。已經不是可以逃離的階段了，反過來說，要是根津原明確地指示我去自殺，我說不定真的會那麼做。

是因為慢性的睡眠不足嗎？逐漸變強的陽光刺激著眼睛，讓我覺得想哭。眼球感受到的火辣辣的刺激令人厭煩，我不禁想閉上雙眼。明明不想去上學，我的腳卻跟我的意志無關，以規律的節奏爬上坡道。

如果寄河景沒有站在道路反射鏡下方，我應該會就那樣忘我地前往學校吧。但她用彷彿要射穿人的眼神等候我的到來，我不可能有辦法無視她。

「景……」

景什麼也沒說，輪流看著用三角巾吊著的手臂與我的臉。景一邊用力握緊書包的背帶，同時開口說道：

「根津原同學？」

景沒有再多說什麼，彷彿想說那一個名字就足以解釋全部一般。總是面帶笑容的景緊繃著表情。根本沒有任何事情值得景哭泣，但景卻露出彷彿隨時會哭出來的表情，咬著嘴唇。比起手被弄到骨折一事，我更憎恨非得讓景露出那種表情的這種狀況。為了阻止景哭出來，我雖然結結巴巴，仍拚命地說道：

「我……我沒事的，再說也沒那麼痛了。」

「骨折的時候很痛吧。」

「我想說的不是那些……那個，根津原也不打算做到這種地步的啦。怎麼說呢，我也是不小心摔下去……」

「你為什麼要講那種像藉口一樣的話呢？」

「呃，所以說，這、這點傷勢，根、根本不、不算什麼，所、所以……嗚……」

這麼說道的同時，反倒是我先崩潰了。我突然一陣鼻酸，淚水緩緩地從雙眼溢出。不行啊，我明明不想哭的。遭到霸凌而且在景面前哭泣，無論怎麼想都不是英雄會做的事情，實在好丟臉又好難為情。但呻吟聲從喉嚨深處漏出，堆積已久的淚水撲簌簌地從眼眶掉落。

「我……我不想讓景……景……嗚嗚……讓景……嗚……看到我這種樣子……卻……」

顫抖的舌頭編織出支離破滅的話語。視野濕了起來，景的身影變得模糊。好痛苦、好難受。救我，景……類似哀號的窩囊話語在我腦中不斷盤旋，揮之不去。好像會因為屈辱與痛苦而窒息。

讓我恢復正常呼吸的，是沒有骨折的右手感受到的溫暖。當我回過神時，景就在身旁握著我的手。

景小聲地抽泣，同時靜靜地流下淚水。

她濕潤的雙眼深處在燃燒著。明明同樣露出哭泣的表情，寄河景卻十分美麗。被握著的手有些痛，景似乎拚命忍著不要抱住我，以免不小心弄痛了我。寄河景懂得保持距離感。

「已經夠了，宮嶺。沒事的。」

雖然語帶嗚咽，但景斬釘截鐵地說道。

「之後就交給我吧。」

究竟是指什麼——我問不出口。我還是一樣撲簌簌地掉落骯髒的淚水，無法順利地編織出話語。但是，明明不曉得任何詳情，一聽到景這麼說，就感到非常放心。如果是景的話語，就能碰觸到無論是醫生或媽媽的話都搆不到的地方。

「我會保護宮嶺的。」

根津原亮從某間公寓樓頂跳樓自殺，是一星期後的事情。

5

根津原亮從距離小學大約幾公里、八層樓高的公寓樓頂上跳下來死掉了。那麼可怕的根津原很乾脆地就死掉一事，首先讓我大吃一驚。即使是長相就像惡意具現化的根津原亮，從樓頂掉落下來的話，也難逃一死啊。

然後，比跳樓這個事實更加熱門的話題，是根津原屍體的模樣。

「左眼好像刺了枝原子筆喔。」

聽說跳樓自殺身亡的根津原，不知何故有原子筆深深刺入其中一隻眼睛裡。

老實說，小學生自殺似乎不是多罕見的事情。但因為前述理由，警方詳細調查了他的死因。再加上無論由誰來看，根津原亮都是班級的中心人物，也沒有家庭問題，找不到他的自殺動機也是原因之一。

根津原亮會不會是遭到某人威脅，被迫跳樓自殺的呢？警方會這麼認為也是理所當然的。儘管如此，警察還是沒有抓到犯人。

該說令人驚訝，還是理所當然呢？沒有任何人告訴警察關於根津原亮的霸凌行為，倘若要談論關於根津原的霸凌，自然也必須說出自己是幫兇這件事。雖說是被根津原命令，但他們也無庸置疑地是加害者。還有一些學生準備要考國中，更會猶豫是否要說出來吧。曾經霸凌我的事實對他們而言是想避開的話題。

身為當事者的我閉口不言，或許也有很大的關係。就這樣，根津原亮作為一個開朗活潑的普通小學生，離開了這個世界。

在根津原的葬禮上，我們被強制穿上小件的喪服，上香致意，我也對著根津原雙手合十。我不記得當時是怎樣的心情了。根津原亮的母親嚴重失去理智，在葬禮期間一直哭喊不停，中途被親戚們帶到外面去了，只剩下他的父親一臉尷尬地移開視線。

景作為年級代表，朗讀給根津原亮的道別的話語。

「根津原同學是一個影響力非常強大的同班同學，大家都被根津原同學拉了一把。」

景穿著黑色連身裙，用清澈響亮的聲音說道。無論是景在大家面前談論根津原的樣子、還是我聽著那些話的狀況，感覺都很不可思議。景看起來是真的為根津原的死亡感到悲傷。

「我認識的根津原同學是一潭永不乾涸的泉水，他在我們之間打造出順暢的水流，我一輩子都不會忘記他。」

景朗讀完無可挑剔的道別話語後，像是受到影響一般，一名同班同學發出哭泣聲，葬禮順利地結束了。就彷彿用大大的文字寫著「發生了令人悲傷的事情。大家都感到很難過」一樣。

儘管如此，我還是有一種難以置信的感覺。

根津原死了，把我折磨成那樣的根津原死了。

我看著景一鞠躬，她緊抿著嘴唇。

但是，我記得那天她親口說了「交給我」。每當意識到這件事，我的心跳就加速起來。

根津原死亡後，事情戲劇性地動了起來。與其說動了起來，不如說停了下來可能比較正確。換言之，他們不斷霸凌我的行為戛然而止。

就如同景所說的，大家都只是服從根津原的命令而已吧，至於視若無睹的同班同學只是隨波逐流罷了。既然帶動潮流的的根津原不在了，當然就會停止。

不會遭到任何人威脅的校園生活十分安穩，已經不會有任何人傷害我，課本也不會不見。豈止如此，至今一直無視我的同班同學，甚至會普通地向我搭話。雖然內容只是簡單的打招呼或聯絡事項，但就算這樣，喜悅還是緩緩地在胸口深處湧現上來。至今遭受到的對待明明不可能消失，我卻忍不住感到開心。這說不定是因為他們在真正的意義上只是隨波逐流。

只是一個人的死亡，我就恢復到普通的生活。

只不過，唯獨那個蝴蝶圖鑑還是留了下來，沒有被刪除。恐怕經營那個部落格的只有根津原一人，其他人都不曉得帳號與登入密碼吧。既然根津原本人已經死亡，就再也沒人能夠刪除那個部落格了。

要刪除管理員不在的部落格，必須借助警方或是其他人的力量吧。反過來說，只要那麼做，說不定能夠刪除那個部落格。

但結果我並沒有那麼做。即使在這種狀態之下，我還是不想將自己遭到霸凌一事公開給周圍知道。我不想告訴其他任何人，被釘在那個部落格的蝴蝶是宮嶺望這種事。既然如此，留下來也無所謂。光是不會更新這點，對我而言就是一種救贖。

即使是現在也能夠瀏覽蝴蝶圖鑑。我當時的疼痛的紀錄、悽慘的痛苦的記憶。我有時會去看那個部落格，回憶那時候的絕望，我用這種方式來獲得持續站下去的力量。我有時也會期望部落格伺服器終止服務，但正因為是現在，我也能夠覺得身為根津原亮的墓碑、也是我痛楚紀錄的蝴蝶圖鑑沒有消失真是太好了。

就某種意義來說，那正是對我們而言的里程碑。因為不只是對我而言，對景而言也是，那個長期以來一直是特別的存在。

就這樣根津原死亡後，過了大約半年的冬天早上，景按下我家的門鈴。

「宮嶺，方便的話要不要一起去上學？」

「哎呀，小景！妳變得這麼成熟了呢。」

在我回應之前，媽媽先興奮地迎接了景。一看就知道她一臉雀躍，被人看到媽媽這樣子實在很難為情，但景似乎很習慣了，她和藹可親地對應著。我很快地吃完早餐，一把抓起書包，來到外面。

「早安。」

「……兒童會的打招呼呢？」

「兒童會那邊也已經退休啦。」

聽她這麼一說，確實如此。我和景都六年級了，寒假結束後，轉眼間就要上國中了。

景走在我的身旁，同時目不轉睛地窺探我的臉。

「臉色比之前好呢。太好了。那個，已經沒事了嗎？」

這句話蘊含著許多意義。已經沒有難受的事情了嗎？已經不會覺得想死了嗎？景的眼睛有時比嘴巴更會說話。我明白她的意圖，緩緩點頭表示肯定。

「沒事了……也讓景擔心了呢，對不起。那個，我那陣子經常睡不好，所以不太能正常思考。」

「現在能好好睡了嗎？」

「嗯……已經不要緊了。」

自從根津原死亡、霸凌平息下來後，我的失眠不藥而癒了。能夠安穩入睡之後，身體狀況也很好，思考也非常鮮明。一想到睡眠不足對我的精神狀態造成的影響，我不禁毛骨悚然。要是無法入睡的夜晚照那樣持續下去，我說不定真的會死掉，說不定從樓頂跳下來的會是我。

「好久沒有像這樣一起去上學了呢。」

「嗯。」

「不能一起爬上坡道，總覺得有些寂寞呢。」

「……嗯。」

之後我跟景聊了些真的很無聊的話題。我反覆稱讚景完成兒童會的職責一事，景就像對待年幼的小孩般聽著我說話。用這種話題填補空檔後，很快就要到學校了。將鞋子放在對的鞋櫃裡，再也不會有人丟掉我的鞋子。

「那麼，再見嘍。」

「嗯……」

然後，在走廊道別的瞬間，我總算講出了正經的話。

「景。」

「……什麼事？」

景在逆光中轉頭看向我。她的長髮隨風搖擺，書包發出卡嚓卡嚓的刺耳聲響。張開雙手的景讓人聯想到剛羽化的蝴蝶，看到那身影的瞬間，我倒抽了一口氣。

我打從心底認為，沒有把「蝴蝶圖鑑」的事情告訴警察真是太好了。被警察知道霸凌的事情很不妙。不是因為覺得丟臉，而是因為很危險。

倘若警方知道霸凌的事情，第一個被懷疑的肯定是我吧。其他人不想被發現自己也是霸凌的幫兇，都閉口不言。我當真是身陷險境。

警察雖然說是自殺，但也考慮到可能是他殺。

假如根津原亮是遭到殺害的，之前被霸凌的我是最大的嫌疑犯，沒有比這更符合的動機了。但我並沒有殺害根津原。這是很簡單的減法，單純的消去法，就連小孩也知道。假如在這個世界上，有那麼一個人具備同樣的動機——

我說不出逼近核心的話語，呆站在原地，景對這樣的我笑了。

「宮嶺，你都不說話，我怎麼會懂呢？」

我其實很想問她。

——殺了根津原亮的人，是妳嗎？

根津原不只是掉落而已，眼睛還被人用原子筆刺穿。

我總覺得景的右眼與根津原的左眼用一條線連接起來。就連警察也搞不懂那傷口的意義，總覺得只有我知道答案。我的呼吸突然變淺。但問了這個，我們究竟會變成怎樣呢？過了一會兒後，我開口說道：

「景……再見嘍。」

景稍微露出驚訝的表情，接著忽然綻放笑容。

「嗯，再見嘍。」

語尾有些悲傷似地拉長，消失在冬天的空氣中。

就這樣，我們的小學生活與僅僅一人的死亡，一同劃下了句點。

第二章

1

根本沒有人會認真地觀賞園遊會開幕典禮的舞臺表演，大家都是隨便看看，內心想要早點去逛小吃攤位，到去年為止的我也是這樣。畢竟體育館很悶熱，不會表演流行歌曲的樂團演奏，就算聽著也很無聊。

但是，當景站上指揮臺的瞬間，氣氛改變了。

景優雅地一鞠躬，亮麗的黑髮發出微弱的聲響。

雖然容貌還殘留著些許稚氣，仍具備難以言喻的存在感與氣質。景一揮下指揮棒，溫柔的法國號音色便隨之流出。

那之後經過一陣子，雖然比其他人內向許多，但我還是成為了普通的國中生。

升上國中，與其他小學的學生們認識之後，我曾經遭到霸凌的過去完全被遺忘了。對當時的我們而言，所謂的一年漫長無比，足以推開對自己不利的記憶。

儘管為數不多，但我也交到了朋友。雖然跟景不同班，但被分到平靜的班級或許也不錯。

一想到宛如地獄般的小學時代，這變化實在令人難以置信。自從根津原死後，我的人生決定性地改變了，那之後感覺好像一直在作夢一樣。儘管失眠問題已經改善，但我還是經常被惡夢驚醒。在惡夢裡我依舊遭到根津原霸凌，蝴蝶圖鑑仍持續更新著。

有時也會作另一種類型的惡夢。

在沒有實際看過的某處公寓樓頂上，景面帶一如往常的笑容，把根津原逼入絕境的夢。原子筆刺向害怕不已的根津原的眼睛，他微微顫抖的模樣，看起來只像個軟弱的小學生。景嬌小的手冷酷無情地把那樣的根津原推落下去。就是這樣的夢。

無論作哪一種惡夢，我都會滿身大汗地驚醒過來。作後面那種夢時更是喘得特別厲害。國中時的我在夢裡見到寄河景的次數，比在現實世界中見到她的次數要多上許多。我克制著顫抖，將掌心高舉向天花板。這讓我聯想到被拔掉一邊翅膀的蝴蝶。

我的心靈至今仍被囚禁在小學生的時期。

熱烈的掌聲讓我回過神來。景指揮的〈微笑之國精選輯〉演奏完畢，景再度一鞠躬。結束指揮的景爽朗地笑著，大大的雙眼一瞇細，瞬間看起來就符合她國中生的年紀。

升上國中的景變成更加美麗的生物。苗條的肢體與筆挺的五官、在胸口那邊剪齊的美麗黑髮。寄河景無論到哪裡，都非常引人注目。升上國中後，景加入管樂社，從一

年級的尾聲起，就無視學長姊的存在，以指揮的身分開始活躍。她的成績不用說，也一直是名列前茅。

明明遭人嫉妒感覺也不奇怪，但神奇的是完全沒人對景抱持那種負面的感情。不知什麼原因，她總會被排除在那種醜陋的感情之外。

「喂，宮嶺。」

就在這時，坐在旁邊的七城這麼向我搭話，七城不知為何很開心似地笑著。

「什麼事？」

「你剛才在看寄河對吧。」

「……我是在看她。」

「就是說啊～不管誰都會看的。」

七城用理所當然的語調點頭肯定，簡直像看穿這世界真理的語調十分滑稽。但是，現在的寄河景跟小學時又是以不同的明星身分君臨國中。就類似已有定評的電影名作，可以坦率地說已經超出愛的範疇，大家都喜歡景。

正因如此，升上國中之後，我與景交談的次數變少了。

小學生與國中生有明確的邊界。放下小學書包後變得更加美麗的景，與變成平凡又不起眼人類的我，說實在地一點都不相配。

當然我並不是討厭景。偶然遇見的話，現在也一樣會聊個幾句，我也依舊喜歡景。

但是，就只是這樣罷了。

畢竟我是這一邊的人，像這樣接受喝采的景則是待在另一邊。這樣就行了。是察覺到我這樣的態度嗎？或者單純是太常被人包圍，空不出時間理會我呢？景也變得不會積極地與我扯上關係。

我能夠做的，就只有像這樣在年級活動中關注景而已。社員們拿著各自的樂器站起身，走到舞臺兩側退場。景也走下指揮臺，追在他們後方。

這時，舞臺上的景忽然轉頭看向這邊。

景輕輕瞇細她的大眼睛，然後揚起嘴角，露出像是搗蛋鬼般的笑容。唯有那一瞬間，喧囂聲彷彿跑到遠方，我的呼吸急促起來。

「噯，剛才寄河是不是看著這邊笑了？」

七城一臉興奮地這麼說道。

「怎麼可能。」

「說真的，宮嶺你也太冷淡了吧？有點夢想好嗎，有夢最美啦。」

我認為能夠讓人看起來像那樣，正是寄河景厲害的地方。

無論對誰都很溫柔的寄河景，只跟自己四目交接、對自己露出微笑——讓人產生這種錯覺的表現，正是她厲害的地方。她特別擅長給予每個人都想作的夢。我也是被她用那招給絆住。

說不定景是為了我而殺了根津原。我沉迷在那樣的夢裡。說不定就連那樣的夢，也像今天的笑容一般是個錯覺。

——殺了根津原亮的人是景嗎？

結果，我從未向景提出這個問題。

對小學生的我而言，人殺人這種事實在太遙不可及了。我難以想像那個對誰都很溫柔的寄河景會做出那種行為。而且還是為了我這種人。

認為是景向神祈禱，根津原因此遭到天譴的想法，感覺還比較合情合理。儘管如此，反覆在樓頂現身的景，仍然強烈地一直殘留在我內心。

在那之後又過了一年以上，國中的畢業旅行成了契機，我們又開始會一起聊天了。

景彷彿注定好的一樣加入了學生會，是因為要兼顧管樂社嗎？她在學生會擔任書記。明明如此，但在與其他學校的交流會中負責演講、在畢業旅行時負責把花束交給飯店人員的工作，不知為何都成了景的任務。景十分忙碌，生活節奏跟我截然不同。

所以畢業旅行的第二天，我會在自由行動時跟景相遇，我想應該算是神的惡作劇。

2

畢業旅行去了長崎，我在那裡徹底迷路了。

記得起因應該是我把錢包忘在皿烏龍麵店（註1）還是什麼的關係。在巴士站注意到這件事的我，請班上其他人先出發，我獨自回到店裡拿回錢包。到這邊為止都還好。但我壓根兒沒想到那之後巴士的時刻表會改變，我搭乘的巴士居然是開往反方向。

回過神時，我已經距離會合地點十分遙遠，來到了有許多民家的街道上。我再一次確認地圖與巴士，只感到束手無策。照這情況看來，與其設法前往會合地點，倒不如直接回到飯店可能還比較好。

究竟是在某處會合才是最上策，還是回飯店比較好呢？難得的畢業旅行慢慢泡湯的感覺讓我咬牙切齒，就在這時候——

「宮嶺？」

註1：長崎縣的鄉土料理，名稱聽起來像是一種烏龍麵，但其實是使用細麵，加上青菜與肉絲一起炒出來的一種麵料理。

傳來照理說不可能聽見的聲音，我轉頭一看，只見寄河景就站在那裡。我不禁倒抽一口氣。對國中生而言，不同班的影響意外地大。真的好久沒像這樣跟不同班的景說話了。

「景……」

「你來得正好，你現在有空對吧？」

「咦？」

景這麼說，接著不由分說地拉我到沒有任何人在的巴士站，坐在那裡的長椅上。然後她從手邊的塑膠袋裡拿出兩個杯裝冰淇淋。

「鏘──剛才我在那裡幫了一位老奶奶喔。她的購物袋砰一聲地爆開，裡面的東西都掉出來了，所以我幫忙撿起來。結果她就給我這個。」

景很愉快似地這麼說後，緩緩地將冰淇淋遞給我。

「給你。」

「……咦？」

「因為有兩個。呵呵，她說應該有朋友一起來吧。」

「她說得沒錯啊，跟妳同組的人呢？」

「我要排演今晚的營火晚會，所以沒辦法離開飯店太遠，根本沒時間逛觀光景點呢。不過，雖然朋友不在這邊，但有宮嶺在就ＯＫ了呢。」

「要是我也不在的話，妳打算怎麼辦？」

「那樣的話，我就一個人吃兩個啦。」

「那妳現在也可以吃兩個啊。」

「但是宮嶺在這裡呀。」

這對話好像接得起來，又牛頭不對馬嘴。說到底，我們已經脫離了團體行動。不早點回去的話，會變成大問題。

「雖然只是推測，但有我在的話，老師大概也不會太在意吧。」

像是看透了我的內心一樣，景用悠哉的聲音這麼說道。雖然這樣講很露骨，但確實也如同景所說的。寄河景是每個人都認同的模範生，也受到老師完全的信任與疼愛。就算景遲到，也沒有人會真的生氣吧。如果景說要一起走散，沒有人能夠妨礙她那麼做。

但是，閃過我腦海中的不是老師的斥責，而是小學時的校外教學。雖然從那之後已經過了很長一段時間，但要是兩個人一起回去，說不定又會遭到什麼誤會。從誤以為自己對景而言是特別的時候起，我就開始神魂顛倒了。

「會融化掉喔。」

明明如此，但景這麼一句話，就讓我輕易地收下了杯裝冰淇淋。我無視必須快點回去的意識，打開紅色杯蓋。

「噯，我來教你讓杯裝冰淇淋變得更好吃的吃法吧。」

「……什麼？」

景沒有回答，將木製湯匙刺在冰淇淋上，在表面畫了一個圓圈。從上面看的話，正好成了雙圓圈的形狀。

「然後呢？」

「從外面開始吃。」

景按照那番話，從剛才畫的線條外側挖起一口冰淇淋。然後一臉幸福地將冰淇淋送到嘴裡。我就那樣注視著她，於是景一臉不可思議地看了看我，然後再一次示範了同樣的動作。

「……然後呢？」

「什麼然後……咦？這樣就結束啦！你以為我會做什麼？」

「呃，因為那樣……有什麼意義……」

「你不明白嗎~你怎麼會這麼不解風情呢。像這樣從外圍慢慢填滿……」

「根本沒有填滿吧。」

「……像這樣從外側慢慢剷平，最後才享用精華的吃法正是醍醐味喔。」

「冰淇淋不管從那邊開始吃都一樣喔。」

「你真是外行耶。」

是不滿我的反應嗎？景緩緩搖了搖頭。她的模樣看來實在太過不服氣，我也只好無奈地同樣在冰淇淋上畫圓圈。我從邊邊挖起快融化的冰淇淋送入嘴裡，於是景緩緩地露出像貓一樣的微笑。這種程度的事情就讓她這麼開心，今天的景看起來像個小孩一樣，幼稚得令人驚訝。

「宮嶺，好久沒見了呢。」

景一邊在中央打造出冰淇淋的孤島，同時忽然這麼說了。

其實應該是會更早說出來的話語吧。儘管上了同一間國中，我們兩人卻沒有好好地講過話。我也小聲地回應「好久不見」，窺探著景的樣子。

「宮嶺是電腦社對吧，我知道喔。我對電腦也挺熟的，最近還安裝了Skype，宮嶺也在用嗎？」

那樣算是對電腦很熟嗎……儘管這麼心想，我仍搖了搖頭。景內心的網路就是指那種ＳＮＳ吧，我莫名地可以理解。

「景也很厲害呢……參加管樂社，還有學生會。」

「兩邊我都已經退社了，所以有點寂寞呢。」

「那樣比較剛好喔。景該說活潑過頭了嗎？稍微休息一下如何？」

「我好像沒辦法什麼都不做呢。」

景笑著邊挖起最後一口邊說。白色物體被吞進她嘴裡，變成空盒的杯子裡面，甚至看不見景執著的殘渣。

是閒著沒事做嗎？景就那樣目不轉睛地開始注視著我。

「宮嶺有張漂亮的面孔呢。」

景忽然這麼說了。

「……沒那回事喔。」

「不，就是有那回事，而且——」

景這時停頓了下來。簡直就像在畏懼什麼似地中斷話語，她的大眼睛微微地搖晃起來。

景沒有說出那番話的後續，可以聽見蟬在遠處鳴叫著。因為這樣，我被迫意識到景剛才是多麼流利地在接續話題。

在椎心刺骨的沉默之中，我吃完了冰淇淋。最後我幾乎吃不出味道了。我將折斷的湯匙放進變成空盒的容器裡，蓋上蓋子。繞了這麼遠一段路後，我才總算開口。

「景，殺了根津原的人是景嗎？」

不出所料，景依舊露出溫和的微笑，開口說了：

「對啊。」

意外地是我並沒有對她的回答感到驚訝，這都是多虧了我曾經好幾次在惡夢裡模擬過同樣的情境。說不定是我認為小學生殺人這種事，只有寄河景才辦得到吧。

「……為什麼？」

「宮嶺需要問嗎？」

景一邊微微歪頭，一邊感到為難似地笑了笑。

「……是因為他霸凌我？」

「不管我怎麼勸，根津原同學都不肯罷休。他一憎恨起宮嶺，就沒辦法思考其他事情了呢。說不定是因為我開口勸說，他就更加不想停手了。」

景冷靜地整理昔日的狀況。畢竟她一直位於人群中心，所以或許是理所當然的，景擅長解析人的感情。背著書包的小學生的景，其實也像這樣分析著根津原亮。

「你記得嗎？那個部落格，蝴蝶圖鑑。」

「……記得。」

「不可能忘得了呢。看到那個時，我嚇了一跳喔。人類的惡意與想像力沒有盡頭，變成那樣的話，就已經沒辦法阻止了。」

景一邊說，一邊緩緩瞇細眼睛。

「那時候，我向周圍的人探聽情報，結果大家都只是害怕根津原同學，不敢反抗他，才隨波逐流而已對吧？」

景說得沒錯。實際上，只是根津原一個人不在了，對我的霸凌就突然停止了。因為大家都只是隨波逐流而已。

這麼說來，將根津原比喻成「永不乾涸的泉水」的人，不正是景嗎？我想起穿著黑色連身裙的景，景那時沒有說過任何一句「很悲傷」。

「雖然無法原諒跟他一起霸凌宮嶺的人，但大家在某種意義上，也是被害者呢。所以我認為只能斷絕源頭了。」

「所以妳殺了他？」

景靜靜地點了點頭。

「……根津原的死因是從樓頂跳樓自殺對吧，那麼，那個其實是……景謀殺了他嗎？」

「可以這麼說呢。」

胸口深處緩緩變沉重起來，感覺好像在跟夢裡知道的事情對答案。騙人——這種心情與理解，能夠殺害在那間學校擁有力量、宛如惡魔般的根津原的人，除了寄河景別無他人。

「妳究竟怎麼做的？」

「沒有你想得那麼困難喔，宮嶺。」

景用諄諄教誨般的語調說道。

「因為根津原同學好像喜歡我，我一約他，他馬上就來了。我說有重要的事要談，要他一起到樓頂上時，他也絲毫沒有懷疑我呢。根津原同學好像莫名地緊張，只有這件事有一點有趣吧……雖然他對宮嶺做的事情一點都不有趣。」

「然後妳把根津原推下樓了？」

「對啊。」

如履薄冰的對話持續著。

每交談一句，身體就漸漸地顫抖起來。儘管如此，我還是沒有逃走，必須確認才行。

「根津原的眼睛……」

這正是我最感到在意的地方。

要用來演出自殺實在過於不祥，就算是他殺也太不留情面。我不禁失禮地看向景的右眼，但景只是緩緩搖了搖頭。

「是根津原同學抵抗了……他從口袋裡拿出筆，想要用筆刺我。我們扭打成一團，結果是根津原同學掉落下去，我想原子筆應該是那時刺進眼睛的。」

「是這樣子啊。」

「……雖然不曉得你願不願意相信。」

「……我相信喔。」

「全部？」

景靜靜地說道。我只能相信。相信她犯罪了這種事，實在是很奇妙的字面。那個寄河景真的殺了人。而且還是用殘酷的做法，殺了跟自己同年紀的小學生。這表示我的夢比我本身是個更能幹的偵探。

說完一切的景十分冷靜，只是緩緩地搖了搖頭並笑著。她緊握著的手抓住袖子顫抖著。

「我知道的，宮嶺早就已經注意到了對吧。所以才跟我保持了距離對吧？」

景這麼說道，同時很寂寞似地笑了。看到她的表情，我得知剛才那番話的後續。景一直認為我是因為這個緣故，才會避開她的吧。

倘若是這樣，實在是很嚴重的誤會。不是那樣的，我明明不是抱著那種打算離開景。

「不對！我根本沒有討厭景！」

我瞬間拉起景抓著袖口的手。冰淇淋的杯子掉落到地面上，咕嚕咕嚕地滾動。好久沒碰到的景的手腕，纖細得令人不安。我對著因為緊張而僵硬的景，說出這三年多來一直想講的話。

「……對不起，真的很對不起。」

我只講得出這句話。

目瞪口呆的景看向我，其實我很想現在立刻逃離現場。過著國中生活的期間，我一直無法好好地跟景說話。光是被景注視我就動彈不得，而且我一直閃避著她。

但是，那並不是因為我討厭起景，反倒相反，我的內心充斥著對景的罪惡感。

「我一直想要道歉。都是我害的，才會讓景做出那種事情。景明明跟我這種傢伙是不同世界的人，我卻害景……」

我怕得無法正視景的臉，我幾乎是用告解般的心情繼續說道。

「我不曉得該怎麼做才好。景受傷時也是、根津原那時也是，我明明一直被景保護，卻什麼也報答不了……自從根津原死後，我的生活變得很平穩……很幸福。為了什麼都做不到的我，景甚至付出到這種地步——我實在無法原諒為了這種事而感到高興的自己……」

景本來不是會做這種事的人。只要我不在，景的臉就不會受傷，景一定也能跟殺人這種事一直無緣。都是因為我向景訴苦，景只是溫柔得無法對我見死不救，又有能夠殺掉根津原的行動力而已。

「宮嶺。」

過了一會兒後，景靜靜地說了。

「我並不是只有救了宮嶺而已喔……根津原同學還在的時候，大家應該都不怎麼喜歡來上學吧。根津原同學的影響就是過剩到這種地步。」

明明是很平淡的話語，音色聽起來卻非常溫柔。

「所以沒必要只有宮嶺感受到罪惡感喔。」

我不曉得這番話有幾分是真實的，以現實問題來說，景殺了根津原，這個事實不會消失。

「你不是變得討厭我的話，就太好了。」

「我說過無論何時都會站在妳這邊吧。」

我拚命擠出來的話語，讓景有一瞬間說不出話來，然後她小聲地說了「你還記得啊」。

「假如景因為謀殺根津原遭到懷疑，我會代替景接受懲罰。」

那原本就是我的罪過。景本想說些什麼，但我制止了她，我牢牢地注視著她。

「……我一定會保護景，不讓景受到任何人威脅……雖然景可能不會相信我就是了。」

受到強烈的陽光照射，白皙的肌膚反射著光芒。景難得地貫徹著面無表情，與她年齡不符的端正美貌顯得更為立體。就這樣沉默許久之後，景忽然笑逐顏開。

「我相信喔。」

「咦？」

「因為宮嶺是我的英雄對吧？」

這句話實在太不切實際，不適合已經成為國中生的我們。

明明如此，但這句話對我而言至今仍然十分特別，光是景像在惡作劇似地說出口，我就整張臉連耳朵都泛紅了。舌頭打結起來，無法順利地講話。景悄悄地將食指貼在這樣的我的嘴唇上，溫和地說道：

「……所以說，根津原同學的事情，就當成只屬於我們兩人的祕密吧。我並不後悔做了那個選擇，就算時間能夠倒流，我一定也會採取同樣的行動。」

倘若用陳腐的說法來形容，就是世界上只剩我們兩人。景殺害根津原的身影不再是惡夢，而是轉變成甜美的白日夢，甚至覺得我不在那裡實在很不可思議。

「差不多該回去了呢，畢竟畢業旅行才剛開始。」

景一邊撿起掉落到地面上的冰淇淋杯，同時一如往常開朗地說道。我像個傻瓜似地只回了聲「嗯」，追著她的背後。

「真希望能跟宮嶺同班呢。」

景像在歌唱似地說道。

仔細一想，我應該要在這時候就察覺到。

根津原亮主導的霸凌，嚴重地打亂我的人生。但是被打亂的不只是我，景的人生也是一樣。目睹到我被霸凌的景，究竟變質成什麼樣子了呢？我應該要先清楚地認識到這件事才對。

我應該要好好地先弄明白，寄河景殺人究竟象徵著怎麼一回事才對。

3

寄河景跨越屋頂的圍欄，站在彷彿隨時會踩空的細長邊緣上。她雙手抓著的圍欄發出嘎沙嘎沙的刺耳聲響，與我的心跳聲巧妙地重疊。光是想到景說不定會掉下去，身體就動彈不得。明明如此，景卻絲毫不畏懼地邁出步伐，朝站在屋頂邊緣的另一名高中女生伸出一隻手。

「善名同學。」

被呼喚的學生──善名美玖利驚訝地抽動了一下身體。她似乎相當憔悴，漂亮捲起的栗色頭髮凌亂不堪，雙眼寄宿著陰森恐怖的光芒。儘管如此，善名同學仍用雙手緊緊握著圍欄。她用難以置信的眼神看著景放開一隻手的身影。

「……我明白善名同學的心情喔。但是，我們一起回去吧？要是從這裡跳下去，就連後悔也辦不到了。」

景說得沒錯。塔之峰高中是四層樓建築，而且底下還是水泥地，沒有任何能成為緩衝墊的東西。從這裡掉落的話，首先就沒救了吧。

「我都說別管我了吧！我……不想把景也捲進來呀，讓我一個人死掉……」

善名同學歇斯底里地哭喊著。她細瘦的手腕有好幾道割傷，雖然我對她的事情不是很清楚，但她似乎從之前就一直被想死的念頭折磨著。那念頭愈演愈烈，她現在被逼到想要跳樓自殺。

「再說這也太奇怪了……景根本毫無關係吧。為什麼要阻止我？因為我們同班？因為妳是學生會？為什麼？為什麼要來到這種地方？一般來說……」

「會來喔。」

景斬釘截鐵地說了。接著她仍然繼續沿著邊緣前進，緩緩靠近善名同學。從旁人眼裡來看，她簡直是瘋了。為了阻止自殺，居然連自己都跑到圍欄對面，實在太愚蠢了。但景的動作實在過於俐落果斷，所以沒有任何人能阻止她跨過圍欄。

「因為我不希望善名同學死掉，所以會來到這種地方。」

景的頭髮隨風飄逸，飄向圍欄那邊。

「所以我可以再稍微靠近妳身旁嗎？我想跟善名同學聊聊。假如聊過之後，善名同學稍微有一點想要活下去的念頭，就跟我一起回去吧？」

「別過來！妳要是從那裡再靠近一步，我就跳下去！」

善名同學這麼說，將一隻手從圍欄上放開。她身體的重心失衡，差點不小心掉落下去。原本露出淺淺微笑的景，看到那景象，表情也稍微僵硬起來。端正的容貌露出些微緊張感，瞪著善名同學那邊看。過了一會兒後，景緩緩地說了：

「我知道了。善名同學要跳下去的話，我也一起跳。」

可以感受到樓頂上包括我在內的圍觀群眾，都同時倒抽了一口氣。就連與景相對的善名同學也無法掩飾她的驚訝。

明明如此，卻沒有人發出哀號。這是為了不妨礙景說出接下來的話。景露出跟剛才截然不同、洋溢著慈愛的微笑。

「善名同學也會害怕一個人死掉吧？所以我陪妳一起跳。」

「等一下……妳……妳在說什麼呀？」

「我不會否定善名同學的意志。既然妳想死，我就不會硬要阻止妳喔。所以善名同學應該也無法阻止我才對。」

景這麼說，簡直像抓到對方語病似地露出好勝的笑容。她明明瞇細了眼睛，但從眼皮底下露出的光芒卻無從掩藏地流洩出來。

「為什麼會變成那樣？我……我不懂妳的邏輯……」

「我這個人很不死心喔，而且也是個自私的人。事情不照自己所想的發展，我就不滿意。」

景說的話一點也沒錯。景意外地倔強，而且相當頑固。她一旦決定這麼做，就絕對不會放棄，她想阻止同班同學自殺的話，甚至會不顧自己的安危，跨過圍欄。這就是寄河景。

「……只會出一張嘴！嘴上這麼說，但景其實不想死吧！」

「我不想死呀。」

景這麼說，將雙手都從圍欄上放開。是因為正來勁嗎？景的身體搖晃了一下。但是被水手服包住的細瘦身體立刻掌握到平衡感，她又靠近善名同學一步。

「我不想死。我每天都過得很快樂，今後也有很多想做的事情和非做不可的事情。我不想在這種地方被善名同學捲進去而死掉。但是，善名同學要在這裡跳下去的話，我也會跳下去。」

「等等，很危……」

與放開雙手的景相反，善名同學再一次用雙手抓住了圍欄。圍欄嘎沙嘎沙地激烈搖晃著，可以看出善名同學顫抖得很厲害。景對這樣的善名同學再一次說道：

「我不想死喔。」

那獨特的次女高音清晰且正確地響起。

「所以妳能為了我活下去嗎？」

這時，可以看出善名同學纏繞的氛圍突然改變了。

簡直就像一直貫穿她的想死念頭的脊椎被拔掉了一樣；彷彿附在她身上的惡靈退散了一般，恐怕她眼中只看得見景吧。

善名同學抓住景伸出去的手。景溫和地催促之後，善名同學緩緩點頭，然後開始爬上圍欄。在她回到樓頂的瞬間，在旁守護的所有人都自然地發出歡呼聲。

景也緩緩地跨越過圍欄回到這邊。景四平八穩地降落到樓頂上，她的額頭稍微滲出了汗水。

看到回到樓頂上的兩人感動不已地互相擁抱，我也覺得快哭出來了。

但是，理應對這個景象深受感動的我，腦海中卻有一瞬間浮現出根津原墜落的幻象。可以看見那個惡毒又小個頭的背影站在圍欄對面。

從國中畢業後，我跟景同樣進了塔之峰高中就讀。我能夠考上縣內數一數二的升學學校，可以說都是托景的福。我一決定要跟景考同一間高中，景便設身處地地指導我功課。

即使成了高中生，寄河景的領袖氣質依然沒有衰退。

她理所當然似地參選學生會選舉，以一千票以上的得票數當上了學生會長。換言之，就是全校學生有九成都投票給景了。但景就是具備那種格局的人物。

景彷彿異形般的美貌在集團中非常引人注目。無論是比國中時留得更長的頭髮、閃耀著褐色光芒的眼眸、還是彷彿用線吊起一般筆挺的脊背曲線，都出類拔萃且美麗動人。被她的美麗吸引的人接觸到景的本性後，這次會像是入迷一樣地開始信奉起她。

景似乎具備彷彿熱病般的性質，她的「正面傳聞」經常擴散開來。像是景做了這樣的事、幫忙做了這樣的事，這種話題會極為自然地在日常對話中出現，每一個傳聞都加強了寄河景這個角色的特異性，她的善良在堆積起來的插曲上留下腳印。

我也是被景拯救的人之一。我會一邊把我的回憶當成特別的東西，同時繼續仰慕景吧。今天得救的善名同學也是，肯定會將景視為改變了自己人生的特別的一個人。今天的事情尤其精彩。就連一旁的觀眾都為景著迷。

景今天也像這樣讓自己的存在感染其他人。站在只要走錯一步，感覺就會掉落的邊緣上。

「話說回來，能順利解決真是太好了。」

寄河景本人坐在學生會室歷史悠久的椅子上，用悠哉的聲音這麼說了。明明直到剛才還演出了那麼激烈的場面，現在卻已經轉換好心情在整理文件。可以清楚得知在她的內心，剛才的事情和這些業務都是連接在一起的，無論哪邊都不該敷衍了事。

我一邊看著那樣的景，同時用幾乎是讚嘆的語調說道：

「景真的很厲害呢。」

「我認為宮嶺也以副會長身分表現得很好喔。」

「……那只是因為跟景在一起，才會看起來像那樣罷了。」

我平淡自然地這麼說了。

令人驚訝的是，我跟景一起加入了學生會。當然，我並不是那種會積極想站上舞臺的人。但是景推薦我擔任副會長，我就已經別無選擇。周圍的人也認為既然是景推薦的人選，都投了信任票給我。

那之後我便在景的身旁，想要設法幫上她的忙。

「景很厲害喔……善名同學的事情也是，那不是一般人能辦到的。」

「不是那麼值得稱讚的事情啦。」

「因為，要是從那裡掉落的話，景明明也可能會死啊。」

「沒問題的啦，因為我不想死呀。」

明明不是在講那些事，景卻悠哉地這麼說了。彷彿在說就連因為意外事故死掉的人，都是自己選擇了那樣的命運。景不想死，所以不會死；善名同學也因為變得不想死了，所以沒有死。就好像是這樣的認知。

「……那個，善名同學為什麼會想一死了之呢？」

結果，她究竟為什麼大白天就想從樓頂跳樓自殺呢？直到善名同學的父母來接她為止，景應該一直陪伴在善名同學身旁。她們沒有聊到這些事情嗎？

過了一會兒，景緩緩歪了歪頭，然後一臉很不可思議似地說道：

「嗯？你問為什麼？」

「妳想想，她都想要一死了之了，一定是有什麼原因吧？」

「沒什麼原因喔。」

景斬釘截鐵地說了，她的語調沒有絲毫躊躇。

「善名同學成績也不差，家庭環境好像也沒問題。硬要說的話，她曾說過對出路和將來感到不安，但跟其他人沒什麼太大的差別喔。」

「這樣的話，為什麼……」

「你覺得沒有什麼像樣的理由，就不會自殺嗎？你認為只是隱約地厭惡自己、隱約地感覺去不了任何地方、隱約地感到不安而已，是不會想死的？」

景用教誨般的語調這麼說了。

「沒那回事喔。人類不需要什麼理由，很輕易地就會想死，因為想死所以死亡。在人類當中也有容易受影響的人，所以那種人只是被牽往自殺的方向而已……所以今天的我只是試著將對方轉向想活下去的方向。做出選擇的是善名同學，並不是我救了她喔。被那樣稱讚的話，總覺得如坐針氈。」

景就如同她所說的，露出有些為難的微笑。明明做了那麼了不起的事情，景卻毫不驕傲，明明大家都認為救了善名同學一命的是景。

景似乎認為話已經說完，她嗯一聲地大大伸了個懶腰，瞪著眼前的文件看。究竟是什麼文件呢？就在我這麼心想時，察覺到我視線的景告訴了我答案。

「我被委託在下次的人權集會中演講。」

「是關於什麼的演講？」

「關於防止自殺，警方的人好像也會來聽演講……總覺得因為發生了善名同學的事情，好像會被說更應該上場演講呢。」

「這……時機還真是湊巧呢。」

不僅限於今天的善名同學的事情，最近國高中生的自殺似乎增加了。在開學典禮那天，校長用沉重的語調述說著人命的重要性，以及最近異常增加的自殺率。校長將自殺的理由歸咎於近來的年輕人死氣沉沉的態度，和淡薄的人際關係。但又沒有談論到任何具體的對策，那天的話題就敷衍了事地劃下句點。

「畢竟開學典禮那天也提到這個話題了嘛，什麼人際關係很重要之類的。就算聽到別人這麼說，也很難想像自殺案件會具體地減少就是了。」

「我好像可以理解人際關係很重要這件事啊。」

「這麼說來，景知道那個嗎？」

「那個是指？」

「大藍閃蝶（Blue Morpho）。」

我抱著稍微閒聊一下的打算，提出了這個名稱。

「大藍閃蝶」是最近正流行，類似都市傳說的東西，一言以蔽之，就是「玩了之後會死掉的遊戲」。

某一天，被選中的人透過ＳＮＳ被賦予點進特別網站的權利。聽說是個以美麗蝴蝶為主題的神奇網站。點進那網站的玩家會成為大藍閃蝶的會員，接受來自遊戲管理員

（Game Master）的指示。

遊戲規則十分簡單。只要服從遊戲管理員傳送過來的指示即可，僅此而已，沒有其他規則。

關於內容有各種說法。例如總之要找個黑色的東西拍照、或是會收到一段文章，要找出含有那段文章的小說之類的。除此之外，據說還有人收到要把眼睛挖出來交出去的指示，或是匯三百萬到某個戶頭的指示。

指示的內容不用說，遊戲管理員的目的也經常成為話題。

例如這是某個大富豪為了找繼承人所進行的遊戲、或是唯一能夠召喚出真正惡魔的方法，還有人說這是知名企業獨創的招聘考試，但不曉得真相究竟如何。

「聽說不服從這個遊戲的指示，或是在中途作罷的話就會死掉，還有沒希望破關的人好像也會在不知不覺間被迫自殺之類的。」

這個奇怪遊戲的傳聞，隨著自殺率提升開始活躍起來，換言之，就是與大藍閃蝶相關的人會自然地邁向死亡，這成了自殺事件增加的原因。

當然這種傳聞不可能是事實。畢竟內容就像古早的連鎖信，而且好好一個人怎麼可能因為只是違反指示就死亡，在不知不覺間被誘導去自殺也十分愚蠢。就算被網路另一頭的陌生人教唆，人也不會死亡。在跳進列車軌道或脖子被吊起來前，本能一定會妨礙那些行動吧。

但個性正經的景用認真的表情聽著我說話，簡直就像努力想掌握那遊戲的全貌一樣，露出嚴肅的表情。說不定她把這個都市傳說當真了，或者她是在害怕這個彷彿超自然現象的話題呢？

過了一會兒，景像是想起什麼似地說了：

「藍色蝴蝶是幸福的象徵喔。」

「……咦？」

「宮嶺對大藍閃蝶有什麼看法？」

景那雙大眼睛亮起深感興趣似的光輝，筆直地注視著我。

「……雖然有趣，但我覺得不可能。什麼大富豪用來決定繼承人的傳聞，感覺就是騙人的。如果不是鬼怪作祟還詛咒什麼的，人沒事是不會自殺的喔。」

這時，我發現自己跟剛才提到善名同學的話題時一樣重蹈覆轍，就算沒什麼特別強烈的動機，人類也可能因為某些緣故選擇自殺。明明才剛聊過那樣的話題。

「不過，什麼大富豪還是就業面試的傳聞，實在很愚蠢呢。雖然好像有可能出現那樣的事情。」

但景沒有責怪我的失言，她再次將視線拉回文件上。

「妳要答應演講的委託嗎？」

「……我還在考慮。」

景會在這種時候迷惘，實在很稀奇，景基本上不會拒絕別人的委託。就算要上臺她也不會怯場，再說從小學時代到現在為止，她一直受到這種機會眷顧。

而且，這麼說或許不太好，但善名同學那件事，會讓景的演講更有說服力吧。正因為是為了阻止別人自殺，能夠將自己的生命豁出去的景，才能夠在那種場合打動某人的心靈吧。

「景沒有率先採取行動，還真是稀奇呢。」

「嗯，雖然想回應別人對我的期盼，但只是站在臺上的我所講的話，真的能夠阻止自殺嗎？一想到這些，就覺得這樣做到底有什麼意義。」

看來景並非謙虛，而是認真地這麼覺得。

在開學典禮時不經意地想阻止自殺的校長，閃過了景的內心吧。我確實也覺得就憑某人講了幾句話，不可能改變世界，而且理應在開學典禮聽到校長那番話的善名同學，甚至等不到暑假就試圖自殺了。

「但是，與其交給其他人，還是景上臺演講比較好喔……我覺得啦。如果景的話語傳遞不到，我想就算其他人上臺講也一樣。而且景的聲音很動聽，就算話語沒有意義，光是聽聲音就有價值……」

我本打算鼓勵她的，但好像從途中開始冒出一些不知所云的話。我察覺到這點的瞬間，猛然住了嘴。不出所料，景露出準備好好揶揄我一番的眼神，揚起嘴角笑了。

「宮嶺會用認真的表情說些奇怪的話呢。」

「……這是事實啊。」

「哈哈哈，但我只有聲音從以前就經常被人稱讚呢，的確是有點奇怪的聲音呢。」

「不是奇怪，是很動聽喔。」

我這樣說道，於是景用清澈柔和的聲音小聲地說了「……多謝稱讚」。在只有兩人獨處的學生會室裡，景坦率地臉紅起來。

結果，景在人權集會裡進行了演講。她沒有提及善名同學的事情，只是用她自己的話語訴說著生命的重要性。

在鴉雀無聲的體育館中，只有景的聲音迴盪著。我心想以前也曾看過這樣的光景啊，是根津原亮葬禮的時候。那時也是在鴉雀無聲的場所中，只有景的聲音存在著。景的存在連接起生死對立的集合空間。

無論是她犯下的罪過，或是她拯救的性命，我兩邊都知道。

我在舞臺側面看著站在講臺上的景，忽然有種想哭的感覺。只要注視著景，無論何時都感到痛苦且難受。

回過神時，我與景相遇已經過了將近七年。從她首次在教室拯救了我那時起，景的存在就一直耀眼得不得了。

「──我並不認為這場演講能夠減少自殺者。只不過，如果聽到這場演講、意志堅定的各位，願意稍微付出行動，讓周圍變得更好的話，我認為那應該就等同於世界會改變。」

看到景用殷切的眼神這麼訴說，我只是一心一意地想著。

我喜歡景，從很久以前開始，我就只喜歡景一個人。

講臺上的景即使面對眾多聽眾也毫不畏縮，就連市議員和警察都以來賓身分在這裡齊聚一堂。儘管如此，景仍然光明正大地用自己的話語在述說。那模樣實在過於耀眼，我不禁流下眼淚。

講完所有內容的景，在掌聲之中緩緩一鞠躬。然後走下講臺到來賓那邊。

景就這樣與會場的來賓們交流。我們必須趁這段期間清理舞臺才行，明明如此，我卻淚流不止，無法動彈。

「宮嶺學長哭過頭了啦。」

這麼揶揄我的是擔任學生會書記的宮尾，被看到難為情的一面了。

「不，但我可以理解喔，畢竟是一場很精彩的演講嘛。該怎麼說呢，寄河學姊的話語蘊含著力量呢。」

「嗯，我也這麼認為……」

我這麼低喃，於是宮尾不知何故揚起嘴角，很愉快似地笑了。然後他說道：

「而且還是女友講的話，就更感動了吧。」

「咦？」

「因為宮嶺學長跟寄河學姊在交往嘛？」

「啥！不，沒那回事啦。」

「咦？你們明明經常黏在一起耶？」

看來我似乎是被套話了，完全中招的我滿臉通紅地否認。

「我跟景在交往什麼的，這玩笑太惡劣了啦……老實說我根本配不上她。」

「是這樣嗎～從旁人眼裡看來，我覺得你們很相配喔。」

「才沒那回事……沒那回事啦……」

那之後宮尾在清理舞臺的期間，也一直以推我一把的名義不斷揶揄著我。簡直就像我內心羞恥的慾望被暴露出來一樣，我冷靜不下來。

恐怕神魂顛倒這種形容是最正確的。因為那場演講的緣故，我才剛被迫更清楚地意識到對景的心情。所以我在跟景兩人一起回家的路上，動搖到不自然的地步。甚至讓那個景說出「你這樣有一點噁心喔」。

「怎麼了嗎？發生什麼事？」

對於頻頻這麼詢問的景，我會淪陷只是時間的問題。過了一會兒，我滿臉通紅地說道：

「……都是因為宮尾說什麼我跟景在交往……」

聽到我軟弱無力的話語，景驚訝地張大了眼睛。看到那表情，我打從心底感到後悔，這樣跟迂迴地告白沒兩樣。景依舊瞪大雙眼，同時還接著說道：

「咦？然後宮嶺怎麼回答呢？」

「還能怎麼回答……只能說我們沒在交往。」

「咦咦～你否認了嗎？」

景故意露出驚訝的樣子，然後用難以言喻的表情注視著我。畢竟認識這麼久了，我明白景這是在要求什麼，但我不曉得那究竟是什麼。過了一會兒，景靜靜地開口說道：

「宮嶺喜歡我嗎？」

不是平常那種惡作劇般的音色，而是比那低上一個音階的聲音，但也不是冷淡地拒人於千里之外的語調。那就好像提出一個答案顯而易見的問題、彷彿要包容一切的聲音。

即使到了這個階段，我仍然躊躇不前。無論國小還是國中，我的人生都一直與景同在。被景救贖的情況實在太多，我沒有好好地思考過對景的心情。

只不過，聽到今天的演講時，感覺我內心所有的牆壁都被拆除掉，有光芒照射了進來。我順著那時的衝動，說出一直講不出口的話語。

「……我喜歡景，我從很久以前就一直只喜歡景。」

我一輩子都不會忘記景聽到這句話瞬間的表情吧。

景露出我至今不曾見過、非常溫柔的笑容。彷彿收到期待已久的東西時一樣，在雙眼中搖晃的光芒點亮起來。但對現在的我來說，甚至無法判別那是否其實是我一廂情願。過了一會兒，景開口說道：

「謝謝你，我也喜歡宮嶺喔。」

「啊……」

這不是什麼比喻或形容，而是我的心臟真的差點停止。淚水緩緩地冒出，指尖麻痺起來。照理說明明開心得不得了，卻有一種彷彿溺水般的苦悶。景不曉得我內心這樣的想法，緩緩地拉近了距離。

「……怎麼可能，妳騙我。」

「我沒有騙你喔，我一直都喜歡宮嶺。」

景的指尖緩緩地撫摸我的瀏海。景彷彿接納一切似地，觸摸著我還是一樣無法停止留長的瀏海。

「那麼，宮嶺要怎麼做？你願意跟我交往嗎？」

「……我們沒辦法交往啦。」

這句話自然地脫口而出。明明高興到快要死掉，但殘留在我深處的理性擅自編織出拒絕的話語。

「沒辦法啦……景跟我一點都不相配，因為我到現在還是無法流利地說話……也沒辦法直視別人的眼睛，跟景完全不一樣……我沒辦法跟景並肩行走。」

直到剛才還露出柔和微笑的景，表情一下子僵硬起來。但唯獨這點我不能讓步，我對景仍感到內疚，明明都讓景殺了人，我怎麼可能無憂無慮地當景的戀人！

「我不是值得景喜歡的人喔，雖然不曉得景是喜歡上我什麼地方，但這種事絕對是錯的……」

「……宮嶺不知道我有多喜歡宮嶺呢。」

那聲音感覺像是快哭出來前的小孩，對於有一瞬間感到畏縮的我，景接著這麼說道：

「你說不曉得我喜歡你什麼地方對吧，我知道了，我讓你看證據。那麼一來，宮嶺一定也會明白吧。」

景露出反常的怯懦態度，但仍直率地說道：

「明天上午十點半，到最靠近自然公園的車站來吧。小學時在校外教學去過的地方，你記得嗎？」

「我是記得……」

「那麼明天見，別遲到喔。」

景只說了這些，就轉身離開，走向跟家裡相反的方向。

我向景告白了，景也說她喜歡我。我無法置信。明明像這樣確實親耳聽到，至今仍好像在夢裡一樣。

明天，景打算在自然公園做什麼呢？正因為是聰明又有些不按牌理出牌的景，我完全猜不到她會做什麼，所謂的「證據」究竟是什麼呢？

但是，假如景真的讓我看到「證據」，可以把我的自卑感和彆扭的想法和愧疚感全部破壞，讓我相信她的心意，到時我說不定也能稍微喜歡起自己。

我注視著景已經不在的三叉路口，然後回到家裡。

我並不是在期待什麼，光是能跟景一起外出，就覺得很高興了。

所以我根本沒想到世界的一切會以那一天為分界徹底改變。

4

隔天，我比約好的時間早二十分鐘以上到達車站，等候景的到來。我也覺得自己真是現實。

「看來你相當期待呢。」

即使在約好的時間準時出現的景，開口第一句話就這麼說，我也坦率地點頭同意。在這種地方耍帥也無可奈何。

當然景並不是制服打扮，而是穿著有秋天風格的拉鍊背心裙，還搭配著可愛的紅色貝雷帽。從非常符合這個季節的白色高領上衣的袖口中，可以窺見景的指尖。自從小學畢業後，好久沒像這樣好好地看到景穿便服了。

「你沒有遲到呢，佩服佩服。」

景很滿足似地說，溫柔地拍了拍我的頭。像是在哄小孩的動作讓我露出微妙的表情，於是景忽然一臉認真地開口說道：

「心意沒辦法證明，眼睛也看不見。所以作為替代，我把我最重要的東西給宮嶺。」

「……妳的意思是那東西就在這座公園裡？」

「嗯，某一部分是。」

我腦海中浮現的，是校外教學那天的事情。雖然那次回憶也伴隨著疼痛，但我背上的景的溫暖，在我的記憶中也依舊鮮明。

「那麼，我們走吧。時間已經快到了。」

景這麼說，得意洋洋地邁出步伐。我也一如往常地追趕她的背影，從貝雷帽底下隨風飄逸的髮絲十分美麗。

是因為假日嗎？附近有很多人都是帶家人一起來的。有些人已經攤開塑膠墊，準備提早吃午餐；也能看見情侶坐在長椅上聊天的身影。從周圍的眼裡看來，我和景看起來也像是一對戀人嗎？我想著這些有點難為情的事情。

沒多久後，我們到達人潮特別多的中央區域。這裡有鋪設著水泥地的廣場，與能眺望到遠方的高臺，高臺的高度應該有好幾公尺吧。爬上樓梯後到達的最上面設置著望遠鏡，能夠瞭望到更遠的地方。

既然來到這裡，景應該是來爬高臺的吧——我這樣的預測很乾脆地落空了，還差一步就要到達廣場時，景停下腳步，確認手錶。

「這裡就行了吧。」

雖然景很滿意地這麼說，但以地點來說卻是個不上不下的地方。在廣場與草地的交界，簡直就像要監視高臺一樣的位置。或者只是我不曉得，其實廣場上要舉辦什麼活動嗎？但是孩童們在廣場上溜直排輪，看起來實在不像有什麼活動要開始。

「怎麼了嗎？景。這裡有什麼嗎？」

「再等等。」

景這麼說，輕輕握住我的手。那手的柔軟度與溫暖，讓我心跳加速。景默默地注視著眼前的高臺。

她究竟在等什麼呢？屏住氣息的景似乎反常地感到緊張的樣子。她宛如鏡子般的眼睛，反射著柔和的陽光。

過沒多久，那件事發生了。

一個男高中生搖搖晃晃地走向高臺。他的腳步簡直就像夢遊症患者，穿著整齊制服的他看起來跟大白天的公園很不搭調。景的手稍微有些用力。

男高中生就那樣爬上樓梯，到達高臺的最高處。他將手放在高達腰部的欄杆上，感覺很刺眼似地仰望著太陽。僅有一瞬間，他看起來像是露出了微笑。那笑容簡直就像此刻正想起太陽的存在一般。

景握住我的手更加用力，幾乎就在同時，男高中生墜落了。

他跨越過欄杆的身體，順從重力輕易地往下墜落。然後連眨眼的時間都沒有，就響起咕渣的不吉聲響。內臟彷彿弄破水球時一樣飛濺出來。

然後只剩下臉部壓爛的屍體。

「……咦？」

我不禁發出有些呆滯的聲音。怎麼回事？究竟發生了什麼事？有人死掉了。高臺上沒有其他人。是跳樓自殺。

我無法置信眼前的光景，不禁看向一旁的景。

景露出平靜的眼神，眺望著一連串的自殺行動。

她的表情沒有絲毫驚訝。從旁人眼中看來，或許看起來像是大為震驚而僵硬住。但我看得出來，景絲毫沒有感到動搖，簡直就像已經事先知道眼前會發生的事情。實際上，她是在這裡等候著什麼，難道是在等這個？這句話閃過我腦海的瞬間，我不禁脊背發涼。像是看準了這個時機，景看向我這邊。她偏褐色的大眼睛彷彿琥珀般發出亮光。過了一會兒，她開口說道：

「走吧，宮嶺。」

景不由分說地拉起我的手。黑髮從圍巾縫隙間流出，撫摸著我的手臂。我們一飛奔而出，背後便傳來尖銳的哀號。哀號呼喚了下一陣哀號，引發一連串的恐慌。

儘管處於狂亂的漩渦當中，只有景仍冷靜不已。彷彿只有她看得見照耀著前方的光芒一般，她筆直地往前走。

來到自然公園的另一頭之後，景總算停下了腳步。她乾脆地鬆開原本牽著的雙手，繞到附近的自動販賣機前。然後若無其事般地說了：

「我口渴了呢，喝可可亞好嗎？」

「……喝可可亞不會黏喉嚨嗎？」

「那就買冰可可亞吧。」

景一邊說著沒有解決任何問題的話，一邊按下按鈕。眨眼間她小小的雙手就多了兩罐冰可可亞。

聽不見蟬叫聲，季節改變了，她拿給我的東西也跟那時不一樣。

景理所當然似地將其中一罐遞給我。

「來，這個給宮嶺。」

「……景。」

「好啦——我的手很冰，快點收下。」

果然冰可可亞是個錯誤的選擇吧？我將這句話吞回肚裡，接過罐裝可可亞。冰涼的罐子果然不適合這個季節。景喝了一口可可亞，低喃著「好冷呀」，然後坐在附近的長椅上，大大地伸了個懶腰，那動作就彷彿工作結束後的貓。

景跟平常沒什麼兩樣。直到剛才還認為應該一輩子忘不了的慘劇，感覺簡直就像一場白日夢。看到有人在眼前墜落這種事，一點也不平常，而且還是在景的身旁目睹到。

我差點想要逃避現實，把我拉回來的，是從這裡也能聽見的尖銳警笛聲。聽到那聲音的瞬間，我不禁全身狂冒汗。看到這樣的我，景靜靜地搖了搖頭。

「我明白的，但是不要緊。警察忙著應付那些愛講話的人，不會來我們這邊的。」

究竟是什麼不要緊呢？警笛聲停止後，周圍再度充斥著沉默。過了一會兒，我開口詢問：

「……妳說想讓我看的東西，就是那個嗎？」

「對啊。」

景喝了一口可可亞後，淡然地繼續說道：

「自殺的是木村民雄同學，都內的高中一年級生。雖然因為上了非志願的學校而煩惱，但是個非常普通的男生喔。」

「……妳認識他嗎？」

「我們不認識，只是我知道他而已。」

如果能獲得寬恕，我很想現在立刻逃離這裡。但可可亞還剩下一半以上，而且彷彿要射穿人的眼眸不允許我退場。不祥的預感在喉嚨深處痙攣，記得之前也有過這種感覺。景將嘴湊近我的耳邊，悄悄低喃了：

「你還記得『大藍閃蝶』吧？」

那個詞彙撼動我的鼓膜，全身的血液更加沸騰起來，感覺好像要頭昏眼花了。為什麼那個詞彙此刻會在這裡登場呢？我並不是不曉得，而是不想知道。

「那個遊戲……？那種玩了之後會自殺的遊戲，根本是都市傳說吧……」

「雖然大家好像都覺得人類不可能因為單純的遊戲死亡，但我認為自殺的人原本就有他們的理由，是堅決的痛苦將大家逼向死亡的。」

不是那樣的——景這麼說的聲音跟以前在學生會室聽到的聲音重疊。

景一邊這麼說，一邊從懷裡拿出智慧型手機。粉紅色的手機殼表面，繪製著景最喜歡的兔子插圖。景點了幾次螢幕之後，似乎找到了要找的東西。她將手機轉了個方向，把刺眼的螢幕展示給我看。

「木村同學是大藍閃蝶的玩家，所以才會死掉喔。」

景的手機螢幕上，顯示出剛才自殺的高中生的學生證照片。不只是那樣。還能看見乍看之下不曉得是什麼意思的「F群組」和「第五十天」的文字。這究竟是什麼呢？

景無視表情僵硬的我，繼續說道：

「那一天，宮嶺跟我說的大藍閃蝶，大部分都是創作喔。也不是什麼與惡魔的契約，或是大富豪在找繼承人，當然不服從指示就會被迫自殺這點也是謠言。大藍閃蝶的規則很簡單喔。在五十天的期間內，請玩家服從管理員的指示，然後在第五十天請玩家服從最後的指示去自殺，無一例外。只要完成最後一個指示，玩家一定會死亡。就只是這樣的遊戲罷了。」

景始終用淡然的態度這麼說了。

「為什麼景會知道這種事？」

我刻意詢問答案幾乎顯而易見的問題。過了一會兒，景開口說道：

「因為我就是大藍閃蝶的管理員呀。」

「騙人的吧？」

景緩緩搖了搖頭，否定我的話語。

「我不會在這種事情上撒謊。」

簡直就跟她坦承殺害根津原時一樣，但我這次沒有做好任何心理準備。追根究柢來說，為什麼我被迫聽景說這些話呢？

映入眼簾的景還是一樣，秋色裝扮非常適合她，十分惹人憐愛。警笛至今仍在背後代替蟬叫聲響著。景悄悄將臉湊近。本來我就不可能懷疑景說的話，然後景低喃了決定性的一句話。

「你記得大藍閃蝶的主題是什麼嗎？」

「……蝴蝶。」

輸入大藍閃蝶這個詞彙的話，出現在圖片搜尋結果的是有著蝴蝶形狀、品味出眾的藍色剪影。一般認為那應該是有人拿都市傳說當藉口，因為好玩而畫的吧。我回想起校外教學時看到的美麗風景畫，那張畫最後也在地方上的繪畫比賽中展出，寄河景擅長畫畫。

「我畫出了想要的感覺喔。」

景在耳邊低喃。

「你記得吧，因為那就是我們的起點。」

我不可能忘記。

讓寄河景跨越了那條界線、根津原亮的「蝴蝶圖鑑」。

既視感在這裡根深蒂固。

這一句話讓我終於徹底相信了是景創立了大藍閃蝶。是景創立了大藍閃蝶，讓某人去自殺。所以景早就知道木村民雄今天會在這裡跳樓，也能夠按照時間讓我看到那景象。

「就算我相信景是大藍閃蝶的管理員好了。但是，那又是為什麼……能夠當成什麼的證據……」

景用透澈的雙眼看著我。她的雙眼完全感受不到溫度，我首次覺得景很可怕。

「景昨天說過對吧，景說……說妳喜歡我，要讓我看證據。」

一講出口總覺得更加滑稽。明明是在講害羞的戀愛話題，卻在不知不覺間被替換成殺人事件。即使身陷彷彿惡夢般的交換魔術中，景依然絲毫不為所動。豈止如此，她甚至露出理所當然的表情，開口說道：

「那就是證據喔。」

「……咦？」

我不明白景在說什麼。景的手忽然重疊在我冒汗的手背上，我反射性地心想自己逃不掉了。

「知道宮嶺被根津原霸凌的同時，我也明白了性善論是謊言。那件事呀，在我內心是非常震撼的事情喔。到宮嶺轉來為止，我們班的感情很好對吧？沒有發生過任何爭執，大家也都團結一致，這是因為每個同學都是非常善良的孩子——我原本是這麼認為的。」

我回想起美好的五年二班。無論什麼事情都能立刻決定，每一個人都分配到適當職責的那個班級。事到如今，我才對這一點感到毛骨悚然。究竟為什麼能辦到那種事呢？

「但是，不是那樣子呢，大家都只是隨波逐流而已喔。所以光是一個叫根津原同學的壞人露出本性，大家就被牽著走了對吧？如果真的是只有聚集了善良的人，發現宮嶺遭到霸凌的瞬間，大家應該會一起阻止根津原同學才對。」

景說得沒錯，不過只是死了一個根津原而已，霸凌就停止了，這表示大家都只是被他牽著走而已吧。但是，老實說我也覺得那應該是無可奈何的吧。假如反抗根津原，下次說不定就換自己變成靶子。畢竟就連景都被根津原關進了跳箱裡，無論遭到什麼對待都不奇怪。

但是，景是願意為了我挺身對抗的人，正因如此，她才跟平常截然不同，露出冷酷的表情將他們定罪。她徹底相信自己擁有那個權利。

「……當然我也有錯。那時候的我沒有任何力量……沒辦法將周圍的人轉往正確的方向，所以毫無思考能力的大家就那樣放棄思考，對宮嶺見死不救。那樣絕對是錯的。」

「妳說那樣是錯的，或許是那樣也說不定……但那也沒辦法啊。我想那時大家都受到根津原影響，也沒辦法抵抗……責怪大家也沒用啊。」

「但是，如果班上的同學們是不會被牽著走的人，情況會怎麼樣呢？如果大家那時不要對根津原言聽計從，而是一起展現出反抗意志的話，你不覺得情況會改變嗎？不是所有人也無妨。只要有四個人這麼做，風向說不定就改變了。」

「或許是那樣也說不定……但世上不是只有那樣的人啊。」

不是每個人都像景一樣堅強。在這個時候，我開始感受到自己與寄河景這個明顯堅強的人類之間產生齟齬。儘管如此，景針對昔日霸凌的分析仍尚未結束。豈止如此，話題甚至開始接近核心。

「嗯，不是大家都這麼堅強，所以世界不會改變。所以我才創立了大藍閃蝶喔。」

「……什麼意思？」

「簡單來說，就是因為有隨波逐流的人，情況才不會改善。那種人會失去意志、無法正確認識自己、且若無其事地傷害某人……你不明白嗎？我為什麼要創立大藍閃蝶。還有那個系統是怎麼一回事。」

「那種事情……」

我怎麼可能明白——我本想這麼說，但啞口無言。

假如景說的話正確，大藍閃蝶似乎單純只是服從指示的遊戲。在長達五十天的期間持續服從指示，依照最後傳送過來的指示自殺後，遊戲就結束了。無一例外。

這個規則與景直到剛才所說的話連接起來。我明明不想理解，但大藍閃蝶的系統卻與六年級時發生的事情串連起來。

「你不明白我究竟想殺誰嗎？」

彷彿在給提示一般，景接著這麼說道。我幾乎是喘著氣說：

「……會被指示牽著鼻子走，跑去自殺的那種人？」

景微微點頭。

「宮嶺也說過對吧，服從網路上的陌生人指示去自殺這種事不可能發生。但是，這個世界就是有那種人呀。一直服從某人的話語，甚至不惜捨棄僅有一條的生命的人。如果是大藍閃蝶，就能夠淘汰那種人。能夠挑選出不會用自己的腦袋思考的人，殺掉他們。」

所以景才創立了大藍閃蝶嗎？這番話的確不是不能理解。但是，那終究只是紙上談兵。實際去實行那種事情，又另當別論。

「那麼，景是……透過大藍閃蝶在剔除人嗎？」

「對啊。」

景沒有絲毫猶豫地這麼說了，景毫不畏懼或迷惘。看來對於自己在做的事情，景似乎能明確地秉持著自信。

假如這裡是一如往常的學生會室，我說不定也能夠強硬地否定。但是，我剛剛才目睹到因為大藍閃蝶而死亡的木村民雄。明明是一邊看著手錶，一邊在那裡等待，不可能用碰巧來解釋。

「……到目前為止有幾個人因為大藍閃蝶死掉了？」

「加上今天的木村同學，一共三十六人。」

是個不合常理的數字。我想起開學典禮時，被告知關於自殺率增加的話題。搞不好是因為大藍閃蝶的緣故——假如這種看似愚蠢的傳聞，其實最接近真相的話呢？

我的身體不爭氣地顫抖起來。直到剛才為止還發燙著的身體，彷彿從被景碰觸的地方開始冷卻下來一般。

「……妳，殺了人，為什麼，還能，若無其事？」

「……這個嘛，因為他們會死掉是理所當然的呀。」

「妳說他們會死掉是理所當然……」

「大藍閃蝶的玩家都有先天的缺陷。你知道因為大藍閃蝶而死亡的人欠缺的是什麼嗎？對某人而言是溫暖，對某人而言是理解，對某人而言是與其他人的連繫。噯，宮嶺，遊戲參加者會被賦予那些東西來取代生命，如果是我就辦得到這些事。至少他們能夠滿足地死亡，你看到木村同學了吧？」

的確，從高臺跳下來前的他，看起來不像是被某人強迫威脅的樣子。雖然他看起來相當憔悴，但臨死之前的他似乎很幸福的樣子。就好像一場漫長的電影要落幕了一般，仰望著晴朗的天空。

「他看起來像是很不幸嗎？」

「……看起來不像，但是——」

「如果真的有不想死的意志，不可能因為我說的話而死吧？明明如此卻死掉了，就表示木村同學打從心底想死啊。」

那番話跟景救了善名美玖利時一樣，那時的景也堅持善名同學會得救是因為善名同學本身想活下去的立場。做的事情明明正好相反，卻只有景屹立不搖。她站著的場所一直不變，只是換了面向的方向而已。

「……這——」

「大藍閃蝶的優點，就是善良又聰明的人，還有其實不想死的人絕對不會死喔。普通地活著的話，不會被騙進這種遊戲，不會被牽著鼻子走，不會想要自殺。大藍閃蝶的玩家都是真的想求死喔。」

景用沒有一絲困惑的眼眸看著我，就跟她說服善名美玖利時一樣。景不顧目瞪口呆的我，流利地編織出話語。

「有比應該死亡的人能夠幸福地死去更重要的事情嗎？因為大藍閃蝶而死的人，總有一天一定也會同樣被牽著走，犯下過錯。那樣的話，又會出現像宮嶺一樣的犧牲者。」

那一瞬間，景放開了一直重疊著的手。取而代之地，我的身體被拉近她身旁。幾乎就在一瞬間裡，我的身體被景緊抱住。

「我已經不想再看到那種事了。」

她在我耳邊低喃的聲音顫抖著。因為被抱緊的關係，我看不見她的表情，但她的聲音聽起來異常熱情。

「你已經明白了吧。因為我喜歡宮嶺，才能夠創立大藍閃蝶。如果宮嶺沒發生那種事，我是沒辦法經營大藍閃蝶的，所以這就是愛的證據……我能夠給你的全部。」

「要……是我……」

喉嚨緊黏起來，疼痛不已。發出的聲音彷彿孩子一般顫抖著，無法順利講出話語。

「去報警的話，妳打算怎麼辦呢？」

「報警？」

景應該能想像到那種可能性。假如景說的話是真的，景就不是單純的殺人犯，而

是連續殺人魔，景必須接受懲罰才行。

但景只是露出微笑，用毫不懷疑的表情、用若無其事的表情微笑著。景的褐色眼睛沐浴在太陽的光芒之下，顯得更為鮮明。

「去報警也無妨喔。」

景絲毫不為所動，平靜地這麼說了。

「為什麼……這麼說……」

「因為宮嶺是我的英雄嘛。既然是英雄，就得跟邪惡戰鬥才行。」

高中生的寄河景與小學時的景重疊起來。我在她隨風搖曳的髮絲中，幻視到她以前戴的紅色緞帶。感覺意志堅定的雙眼筆直地射穿我，她的臉上已經沒有傷痕了。

儘管如此，我至今仍被她的傷痕囚禁著。景再度開口了。

「求求你。如果是我做錯了的話，宮嶺現在就在這裡阻止我。」

第三章

1

那具屍體是在有些淒涼的高架橋下被發現的。那個地方也經常變成遊民的臨時住處，然後警察出面下令強制撤離，雙方一直在這裡上演貓捉老鼠遊戲。所以女性發現者一開始似乎把那個當成單純的垃圾，而且還用藍色塑膠墊被捲起來，就更容易誤會了。大型又不好看、感覺很難處置的東西，看來就是被非法丟棄的物品。實際上，發現者曾一度想閃過這個「垃圾」，離開現場。

之所以沒那麼做，是因為「垃圾」穿著鞋子。

看到從藍色塑膠墊裡露出的樂福鞋，發現者立刻報警了。真是明智的判斷。假如她看了裡面，之後半年都會夢到那個吧。

塑膠墊裡面是就讀都內高中的二年級生，丸井蜜子的屍體。

死因據說是失血過多而死亡，但不曉得真相為何。會這麼說是因為她的身體有無數毆打痕跡與割傷，看到覆蓋全身的悽慘暴力痕跡，就連警方相關人士都不禁倒抽一口氣。究竟是有怎樣的理由，女高中生才會這樣死亡呢？丸井蜜子從幾天前就不見人影，是警方一直在搜尋下落的少女，然而結果卻是這樣。

丸井蜜子的父母看到面目全非的女兒不禁失去理智，甚至沒辦法好好地說話。這也難怪，因為現實的悽慘程度超出想像好幾倍。

她的大腿上有像是用美工刀硬雕刻出來的扭曲傷痕，呈放射狀延伸出去的那個傷痕，過沒多久後開始被稱為「蝴蝶」。在細瘦的大腿內側看似不自由地張開紅黑色翅膀，那不祥的傷痕從剛發現當時開始，就成了話題，因為幾乎是用刺下去的強度刻畫出來的傷痕，看起來就像在象徵這悽慘的私刑殺人的異常度。

這之後警方開始好幾次碰到刻有「蝴蝶」的屍體。

丸井蜜子被發現的時候，隸屬於警視廳搜查一課的入見遠子巡查，正在製作在攀登架上吊自殺的男高中生的報告書。名字是野濟健太，十六歲。死因是上吊造成的窒息死亡。發現者是居住在附近、帶狗散步的老人。

原本自殺就是令人感到憂鬱的案件，死者還是高中生的話，就更加鬱悶了。入見一邊確認野濟健太生前的照片，一邊大大嘆了口氣。疲憊的色彩在她端正的容貌上濃厚地擴散開來。看到入見這副模樣的高倉，用輕鬆的態度向她搭話。

「入見前輩，那個怎麼樣呢？」

「怎麼樣是指？」

「那是昨天早上發現的案件對吧？聽說發現者倉皇失措，沒辦法好好問話的案件。結果有可能與犯罪相關嗎？」

「不，是自殺喔。驗屍結果也這麼顯示，我個人也認為沒有懷疑的餘地。」

而且野濟健太上吊身亡的攀登架上，還細心地附上了他親筆寫的遺書。「謝謝大家一直以來的照顧。我決定一死了之。」雖然是只寫了這兩句話、實在簡潔過頭的遺書，但無庸置疑地是他的筆跡。

「可是啊，感覺很奇怪呢。」

「哪裡奇怪呢？」

「最近這種模式實在太多了。」

入見這麼說，咚咚地敲了兩次平板的表面。

「取手菜美子、田畠優作、甲斐雅子、山田棗、村井初代、豬頭浩平、野濟健太，還有木村民雄。光是這個月，就有八個差不多年紀的國高中生自殺，而且他們都各自確實地留下遺書，表明自己無庸置疑是自殺後才死亡。」

「……真讓人不舒服呢。」

「不僅讓人不舒服，而且實在很奇怪喔。他們都在死亡的兩星期以上前開始做出異常的行動，除了木村民雄之外，所有人都是在黎明時分死亡的。」

這次的野濟健太也是這樣的狀況——入見接著說道，野濟是在清晨四點溜出家裡，前往附近的公園後，在攀登架上吊死亡。

「會不會是因為如果選在公園有人的時間帶，會被別人阻止的緣故呢？」

「嗯，畢竟不是能在大白天光明正大做的事情嘛。但是，這七人當中的一人……甲斐雅子是清晨四點左右，在家裡的浴室用刮鬍刀的刀刃刎頸自殺。這應該不能一概而論是想避人耳目的行為吧。還有這個山田棗的行動模式，他也是在同個時間帶從自家公寓的樓頂上跳樓身亡，但如果是公寓住戶，就能自由進出樓頂。」

「……原來如此。」

「況且更單純一點來說，連續發生七件清晨四點的自殺案件，這件事本身就很異常喔。」

「這麼說雖然不太好，但好像受到詛咒一樣，老實說感覺很陰森呢。」

「我倒覺得如果不是詛咒的話，那種陰森感才叫人無法忍受呢。」

入見露出正經的表情，這麼說了。確實就如同她所說的，沒有任何超常現象介入、只是有人淡然地死亡這種事，是顯而易見的惡夢。

「我認為這可能是集體自殺。」

「集體自殺？妳是說這些死者可能認識？」

「不，剛才說的那七人沒有任何交集。無論是就讀的學校、居住的地方，或是死亡日期都不同，能夠想到的可能性是利用集體自殺網站或是什麼的將他們拉在一起，約定要自殺之類的……」

就是被稱為「網路相約自殺」的模式，有想死念頭的人隔著網路尋找其他有意自殺者，互相吐露自己的苦衷並尋死，網路相約自殺未必會在同一天同一時刻自殺。已經死亡的學生們即使沒有交集也無妨。

但是，那仍然無法消除入見的突兀感。無論好壞，試圖進行網路相約自殺的孩子們，都具備一種共通的行動模式。相比之下，這次的七個人都相當個人主義，無軌跡可循。明明無論自殺方式或日期都很分散，卻只有死亡時刻奇妙地一致。與其說他們是互相約好，更像在服從其他什麼事物一樣……

「無法確認七名死者的ＳＮＳ嗎？」

「能夠確認喔，但沒找到什麼重要的情報，乾淨到異常的程度呢。想死這些話也只有在玩笑開過頭時提到。」

倘若是自殺志願者，應該會經常提及日常的苦悶，或是隱約透露出想死的念頭，但這次的野濟健太的帳號中所留下的發言，只有跟課業和自己隸屬的足球社相關的、無關緊要的內容，還有常見的對未來出路感到不安。

「不僅如此，這七人在ＳＮＳ上也沒有連繫。當然他們利用訊息軟體私下交流，然後在自殺前刪除掉那些訊息的可能性也不是沒有……但連他們使用哪個ＳＮＳ都不曉得的話，也不可能一一去拜託營運方幫忙復原。」

而且把國內外的軟體都算進去的話，ＳＮＳ的數量多如繁星。要查出他們使用了哪些、又沒使用哪些近乎不可能。就算要從主要常用的軟體開始全部清查，揭露真相的勞力也永無止盡。雖然入見打算嘗試調查幾個，但要一陣子之後才會出現結果吧。

「不過，另外還有決定性的共通點就是了。」

「有那種東西嗎？那請前輩先告訴我這點嘛。」

「……我很苦惱啊。這說不定是因為我過於想找出共通點才產生的偏見。說不定單純只是某些影響造成的，或者是新興的邪教、還是真正的咒物。正因為這樣，這要放在最後——」

「妳看來挺閒的嘛，入見。只是讓年輕小伙子隨侍在旁，滔滔不絕地講解妳的看法，就自以為是警察了嗎？」

這時，傳來一個明顯滲出惡意的聲音。

「我可是得負責讓人作嘔的私刑案件。」

「那還真是辛苦你了。」

入見不為所動地回應，日室衛看似憤恨地對那樣的她從鼻子發出哼聲。最近的日室看起來簡直就像精疲力盡的老人，他明明還不到四十歲，但皺巴巴的西裝與一直放著不刮的鬍子，還有凹陷的雙眼給人那樣的印象吧。

明明如此，卻只有身體還是跟以前一樣長著結實的肌肉，這讓他看起來更不協調。

「多虧有日室警部像這樣認真地進行搜查，我才能集中精神處理自己負責的案件。我很感謝你喔。」

「妳這隻母狐狸真敢講。既然這麼感謝我，怎麼不去泡杯茶迎接我到來啊。」

「因為那不是我的業務範圍。」

是入見淡然回應的態度讓他感到煩躁嗎？日室大聲地咂嘴，打算前往自己的座位。

「啊，可以借用幾分鐘嗎？」入見這麼對著他的背影搭話。

「日室警部是負責那個高架橋下的私刑殺人案件對吧，可以告訴我那案件的詳情嗎？例如被害者是高中生之類的。」

「為什麼我非得告訴妳不可啊，妳是負責處理那些死掉的精神病患吧。」

「我說啊，你要找我碴是無所謂，但你沒道理可以貶低那些死掉的孩子們吧？」

「日室警部，你那樣是否稍微過火了點？」

這麼插嘴的是一直在旁邊聽著的高倉，高倉毫不掩飾厭惡感地瞪著日室看。

「你引起那種事件在先，這次又要找入見前輩碴嗎？看來你沒有自覺到那事件給大家添了多少麻煩呢。」

「啊啊？你在跟誰講話啊？你做好覺悟了吧。」

「你就是這種態度，才會引發那種事態吧——」

「等等，高倉。」

入見用平靜的聲音制止。

「別讓我因為這種事情警告你啊。」

入見這麼說道，現場的氣氛也跟著稍微平靜下來。日室大聲地咂了一下嘴，很快地離開到其他地方。他大概是去吸菸室吧——高倉邊這麼類推邊微微嘆了口氣。

「日室先生最近好像怪怪的呢。」

「……警察也是人嘛，有時也會在精神上被逼入絕境。」

「日室先生果然還是沒能從那次事件中振作起來嗎？」

「天曉得，這我就不清楚了。」

日室衛在大約半年前，射殺了嫌疑犯。

遭到射殺的男人是以搶劫超商的現行犯罪行被逮捕，但他抓到一瞬間的空隙，試圖搶奪日室持有的手槍。然後日室跟男人扭打成一團，最終男人被射殺了。

日室遭受到嚴重的譴責，這也難怪。除非是相當緊急的狀況，否則日本的警察原本就不會開槍。再加上都是因為日室的失誤，才會引發這齣慘劇。

日室長期以來都是個優秀的警官。也因為他立下的功績，表面上他並沒有遭受處分。除了壞評和抨擊聲之外，什麼都沒有發生。

但自從那次事件之後，日室就明顯地變了個人。

是因為心靈變得沒有餘裕嗎？他頻繁地與周圍產生衝突，例如像剛才那樣挑人毛病找碴，或是反過來被困在被害妄想之中。

也有人建議他應該接受心理諮商，但實在難以想像那個樣子的日室會輕易接納那個意見。

「只能靠他自己設法走出來了。實際上，周圍的人也給他好幾次建議了。」

究竟是否存在拯救這種人的方法呢？拯救拒絕治療、緩慢地持續崩潰的人的手段。入見一邊思考著這些事，一邊拿起日室留下來的資料。她不經意地翻閱著紙張。

「這次是差不多年紀的學生變成被害者的私刑殺人嗎……」

然後在翻到某一張的瞬間，她倒抽了一口氣。

「……不會吧。」

「怎麼了嗎？」

「我剛才說過，死掉的孩子們另外還有個共通點對吧？我說的就是這個。」

入見這麼說，並打開了平板，然後她秀出夾雜好幾張照片的畫面。照片上拍攝著擴大的身體部位，像是上臂、胸部和腳底。

無論哪個部位都有著紅黑色傷痕。雖然大小、形狀和痊癒程度不一，但彷彿用不銳利的刀刃硬是雕刻上去的那些傷痕，都共同散發出獨特的不祥感。

「大概是每個人對疼痛的忍耐度和手巧度不同吧。因為有這些差異，所以可能性雖然微乎其微——但我也想過或許他們是碰巧有著類似的傷痕，這就是我沒有首先提到這些傷痕的理由。噯，這看起來像是什麼形狀？」

在吞吞吐吐的高倉面前，入見斬釘截鐵地說了：

「在我看來像是蝴蝶。」

彷彿趁勝追擊一般，入見秀出附加在丸井蜜子的報告書上的照片，那照片拍的是刻在大腿上的蝴蝶形狀傷痕。

「這下就變成九個人的共通點了呢。雖然有自殺和他殺的差別，但最近死亡的國高中生們，每個人都同樣有著蝴蝶型傷痕。」

2

我比鬧鐘訂的時間要更早醒了過來。因為昨天一回到家就上床睡覺，睡眠時間也跟著偏移了吧，唯獨今天不禁對規律的七小時睡眠感到厭惡。朝陽才剛升起而已，類似晚霞的紅色光芒，從窗簾縫隙間照射進來。

看到有人在眼前死掉、聽到景衝擊性的告白。無論哪件事都過於震撼，我幾乎無法徹底承受。我甚至連晚餐也吃不下，就那樣閉關到房間裡面。

我已經不想思考任何事情。不讓意識沉下去的話，昨天的殺人事件又會回到腦中。

儘管如此，肚子還是因為沒吃晚餐感到飢餓，喉嚨也感到口渴。我也沒辦法無視這些感覺繼續睡覺，只好慢吞吞地走出房間。

冰箱裡放著用保鮮膜蓋起來的炸蝦，搭配炸蝦的生菜已經軟掉，恐怕是原本預定在晚餐端出來的菜色吧。我撕掉保鮮膜，沒有添加任何醬料，直接吃冷掉的那些餐點。久違的刺激讓舌頭稍微麻痺，喉嚨深處感覺到疼痛，但是很好吃。

飢餓感消退之後，感覺好像變回了人類一樣。在我就那樣吃完炸蝦時，我變得異常冷靜。我將變空的盤子放到洗碗槽，回到房間後，順勢搜尋了「大藍閃蝶」。

跑出來的一大串結果，都是些品質低劣的統整網站和煽風點火的方式彷彿都市傳說般的論壇。就算瀏覽認真地提出討論的網站，內容也跟我知道的事情差不多。剩下的就只有認真地詢問如何加入大藍閃蝶的人零星的留言。

許多人至今仍然認為那只是都市傳說。脫離現世的遊戲，大藍閃蝶。「玩了就會死的遊戲」這種低俗的宣傳詞，跟景認真述說的「淘汰」一詞無法順利連接起來，結果我還是思考起木村民雄的跳樓自殺。

談論關於大藍閃蝶的人們，都同樣地留下「怎麼可能因為這種遊戲死掉」、「會因為這個死掉的人，就算沒有這個也早就死了」這些持嘲諷態度的留言，甚至讓我差一點要提出關於木村民雄的話題了。人真的會透過大藍閃蝶死亡啊。

但是，這時我也浮現這樣的想法。大家無法區別受到大藍閃蝶影響而自殺的人，與不是那樣的人。木村民雄的事情也是，大家只認為是單純的自殺。

既然這樣，大藍閃蝶說不定能在大家沒注意到的時候，靜悄悄地改變世界。

那樣一來，或許就如同景所說的，只有不會被牽著鼻子走的人活下來……考慮到這國家的總人口數，聽起來是很愚蠢的事情，但我心想如果是景，應該能實現這個理想吧。那樣一來，說不定真的不會再出現像我這種遭遇的人。

就在我這麼胡思亂想時，到了平常的起床時間。我慢吞吞地梳洗準備，走出房間後，剛好看到套裝打扮的母親正在飯廳準備早餐。

「早安，望。我看了冰箱，你只吃了炸蝦嗎？」

「……我在半夜醒來，呃，因為看起來很好吃……」

「明明電鍋裡也有白飯呢。」

什麼都不知情的母親這麼說道並笑了，讓我的胃沉重起來。從幾年前開始，我就一直有事情瞞著這個人。

即使打開電視確認新聞，木村民雄的自殺也還沒有被報導出來。電視裡面正在議論某個政治家涉嫌收受非法政治獻金。

我比平常早出門，按下景家的門鈴後，聽到景說「等我一下」，還有景的媽媽從背後傳來的聲音。大門發出卡嚓一聲打開後，一如往常的景現身了。

「早安，昨天謝謝你。」

「謝謝是指……」

「你陪我去處理我的事情了對吧？所以我才道謝的呀。」

景這麼說，爽朗地笑了。在我迷惘該怎麼回應的時候，景拉起了我的手。

「你邀我一起去上學對吧？既然這樣，就快點出發吧。」

簡直就像一對情侶那樣，景拉起我的手。我沒辦法甩開她的手，就那樣被她牽著手走到公車站。

「求求你。如果是我做錯了的話，宮嶺現在就在這裡阻止我。」

聽到她這麼說的瞬間，我被拉回那時候的溜滑梯，景流著血的身影閃過我腦海內，景告訴我她殺了根津原的身影也閃過腦海，然後木村民雄跳下來的模樣也是。我的呼吸變淺，大腦深處發燙起來。

「妳沒做錯。」

思考還沒有釐清頭緒，這句話便從我嘴裡脫口而出。

「……景沒有做錯，我不會報警。沒事的，我站在景這邊喔。」

我自己都覺得這番話毫無內涵。我不認為自己當時能夠冷靜地判斷事情，那時的我內心只有一個念頭，就是不希望景被警方逮捕。

我也不記得自己之後說了些什麼。我的雙眼不爭氣地浮現出淚水，簡直就像是我在乞求景的寬恕。

我彷彿會永遠講個不停的話語，被景用嘴唇給堵住了。

被景親吻的瞬間，我忽然想起史尼茲勒寫的小說。作為信賴的證明，主角將給醫院的介紹信交給哥哥。「希望由你來判斷我是不是一個瘋子」他這麼說，把自己的一切都託付給兄長。

就跟那情節一樣，景的一切都託付給我，我的天秤在道德與愛情之間開始搖擺不定。

保護景不受傷害、拯救她脫離世界上的不講理——我一直想成為這樣的英雄，但是我能做的事情，就只有肯定她殺人而已。

景略高的體溫從牽著的手傳遞過來。光是走在她身旁，幸福感便流入體內，胸口深處麻痺起來。因為景會極為自然地拋出話題讓我接，所以也不會迷惘該聊什麼。就連夾在話題空檔中的沉默也令人覺得舒適。

明明如此，但昨天的記憶至今仍夾雜在早晨的陽光中，在腦內重現。混入柔和氛圍中的強烈影像，不肯讓現在這段時光變成單純的幸福。

是注意到我的樣子嗎？在到達學校的時候，景開口說道：

「你很在意大藍閃蝶嗎？」

我不禁倒抽一口氣。對於這樣的我，景緩緩地繼續說道：

「既然這樣，放學後你到學生會室來吧？」

景在我耳邊這麼低喃。她的音調就跟閒聊時沒兩樣，大藍閃蝶這個詞彙在我耳邊回響。

我照景說的到學生會室，除了景之外，另外還有宮尾也在那裡。「啊！」宮尾一看到我的身影，就發出似乎很開心的聲音，匆匆忙忙地靠近我這邊。

「我聽說了喔～學長似乎終於跟寄河學姊開始交往了啊。」

「咦？」

我不禁看向景那邊。景露出惡作劇似的表情看著我，微微比出了勝利手勢。

「那麼，我就先回去了。你們兩位慢慢聊啊。」

宮尾的臉上浮現無法徹底掩飾住的笑容。在兩人獨處的學生會室裡，過了一會兒後，響起景的聲音。

「……抱歉，我太開心，忍不住就說出來了。你不喜歡這樣？」

「不是……不喜歡啦……」

「太好了。」

景一邊發出反常的聲音，一邊笑了笑。寄河景真的是難得這麼喜不自勝，那簡直就像長年的戀情終於開花結果的普通女孩一般，景受到那餘韻影響似地開口說道：

「……是關於大藍閃蝶的事情對吧，我該從哪裡說起呢？」

「從景想說的事情開始說就行了。」

「機會難得，你可以再稍微靠近我一點嗎？避免讓外面的人聽見。」

已經離開的宮尾根本不會想像到我們是在聊這種事情吧。我按照景所說的，坐在景旁邊的椅子上，景刻意將椅子拉近到雙腿會互相碰觸到的距離。

「……我還沒有辦法接受全部的事實……那個，景是……從什麼時候開始這個的？」

動搖的我與冷靜地採訪動機的自己背道而馳，實在相當滑稽。我明明沒辦法報警或阻止，卻試圖想要理解景，就連我自己也覺得這樣很可笑。彷彿要拋下我混濁的內心一般，景開始說了起來。

「大藍閃蝶的構想本身一直都存在喔，這下我的目標說不定能夠達成——擁有這樣的確信之後，我對第一個人動手了。」

景這麼說，談論起開端。

她是在某個ＳＮＳ看中第一個人的。大半高中生都有那個ＳＮＳ的帳號，對內外投稿個人的日記和照片，景從那龐大的帳戶數量當中選了一個人，傳送訊息給對方。

「當時我選中的是反覆發出想死這些話，而且那些話得不到任何回應的女孩。假如有其他用戶會給予安慰、或是稍微做出反應，我就會避開那女孩。我傳送訊息給隱約地只是想要求救的女孩，首先主張『自己也很想死』，表示與對方有共鳴。我跟那女孩很快就變好朋友了。」

到這邊為止，我能夠輕易地想像出畫面。景是跟任何人都能成為朋友的女孩，她很熟悉別人細微的感情，也確實理解怎麼做能讓對方感到開心。

景看中的少女喜歡會刊登在課本上的文豪所寫的、略微冷門的短篇。那短篇確實沒有被當成代表作品，但對小說稍微有點講究的話，就算看過那短篇也不奇怪。景大肆稱讚知道那短篇的少女很厲害，想知道少女的感想。

「問她感想能夠知道什麼嗎？」

「是啊，可以知道那女孩想被人怎麼看。」

像這樣變成朋友後，再深入她感到悲傷的原因。她們似乎還用通訊軟體實際對話過。她每個晚上都不斷對景述說著自己有多麼不幸，又不受上天眷顧。雖然那些內容都無關緊要，但讓少女反覆講述這些事情，可以讓她開始深信自己真的身陷無法挽回的不幸之中。

之後就只等著滾落谷底，景只要認同少女的不幸是多麼有獨創性且無藥可救即可。跟景聯絡交流了兩個月後，那女孩留下能遇見景真是太好了的訊息，自殺身亡了。

「是景叫她去死的嗎？」

「我只是在聊天而已。」

聽說這件事情時，老實說我不知該怎麼判斷。

第一個人真的可以說是寄河景殺害的嗎？我知道有教唆自殺這種罪，但景只是跟少女聊了天而已。

「在那女孩之後，我又對兩、三個人做了同樣的事情。那是國中三年級時的事了。」

一想到景一邊指導我功課，同時不斷在肯定某人想死的念頭，脊背就稍微發涼。我喜歡景指導我功課時溫柔的聲音，景每晚都用那個聲音在「流放」某人嗎？

「然後，升上高中之後，我創立了大藍閃蝶……但是，打造出大藍閃蝶架構的人，本質上還是宮嶺喔。」

「是我？」

我的聲音不禁變調。

「或者算是根津原同學吧。」

景稍微皺起眉頭說道。

「我一直在思考那件事，然後我明白了為什麼周圍的人沒能阻止那場霸凌。」

景露出指導我功課時的伶俐表情，繼續說道：

「根津原同學的霸凌愈演愈烈了對吧？一天比一天嚴重。」

「……的確是那樣，但——」

「如果根津原同學一開始就弄到宮嶺骨折，我想周圍的人應該會阻止他。」

景用斬釘截鐵的語調說道。

「我想大家應該能好好地說出他那樣做實在太過火了。但是，宮嶺實際上被弄到骨折時，周圍的人根本沒放在心上對吧？那是因為已經習慣惡意了喔。最初從無視和講壞話開始，把文具藏起來、把課本藏起來、把鞋子藏起來，然後被潑水和被關進跳箱……霸凌行為是逐漸惡化的對吧？那樣的話，心理上的抗拒感會減少很多喔。到了最後，會變得就算直接施加殘酷的暴力行為，也沒有任何感覺。」

確實就如同景所說的。一開始真的只是瑣碎的小事，讓人覺得就算大家無視那些事情也無可奈何，甚至就連我一開始都努力想要不去在意那些事情。

但是，或許就是那樣，大家才——就連根津原本人都習慣了傷害我。

「首先是讓對方完成單純的指示。」

景一邊說，一邊豎起食指。

「讓對方完成這種程度的話沒問題、這種程度的話不要緊的任務。在大藍閃蝶中最先給予的指示，就是『在手邊的紙上畫蝴蝶標誌』。這種事情很簡單，也能立刻辦到對吧？這點程度的話，大家都會立刻照辦。接著給予一些小指示，例如『測量自己手腕的長度』或『買大藍閃蝶用的新筆』之類的，這些大家也會照做；然後開始連『試著在手腕上畫蝴蝶』這種指示也會完成。」

景說的指示真的都是些無關緊要的內容，雖然的確慢慢地在提升難度，但還是能輕易做到。

「但是，畫蝴蝶跟跳樓自殺完全是兩回事。」

「……噯，宮嶺。你記得嗎？宮嶺曾經對我說過想要一死了之對吧。」

聽到她這麼說的瞬間，我的意識被拉回那個教職員用的鞋櫃前。是景主張告訴大人比較好，但我在她面前哭著求助她那天的事情。

「……我說過，是蝴蝶圖鑑的事情被景發現那時……」

「聽到宮嶺那麼說時，我非常震驚。我心想宮嶺為什麼會說出這種話呢？然後我注意到了，宮嶺那時幾乎都沒睡好對吧？」

「嗯……我那時患有失眠症。」

「是呀，所以你無法做出正常的判斷，精神瀕臨死亡。剝奪睡眠會讓人邁向死亡，這也是我從根津原同學與宮嶺的案例中學到的。」

可以知道景彷彿在汲水一般，從那次事件中抽出知識。

「讓對方習慣完成指示後，這次讓對方在清晨四點完成指示，就那樣持續給予會削減睡眠時間的指示。像是讓對方在清晨爬上屋頂，或是在黑暗中等待早晨，還有讓對方在早上溜出家裡，前往橋邊之類的。這麼一來，玩家的思考力就會顯而易見地降低。」

「之後要怎麼做？」

「在這個階段，已經能在某種程度上進行篩選，一直隨波逐流地完成指示的人有那個資質。我判斷對方有那個資質的話，就會找對方聊天，就像最初的那個人一樣。然後讓對方完成剩餘的課題，這樣就結束了。」

景就像變魔法一樣擺動著手，最後用力握緊給我看。

「你覺得人會因為這樣就死掉，實在難以置信？我明白喔。但是，這個方法已經讓三十六個人死掉了。」

三十六個人——這個數量無法讓我有真實感，我能夠意識到的，只有在眼前死亡的木村民雄而已。

「妳現在也在營運大藍閃蝶嗎？」

「對呀。」

景用直率的眼神看著我，她的大眼睛映照出我困惑又沒出息的表情。

「……然後呢？」

「然後是指？」

「我能替景做些什麼？」

都到了這種時候，我還是只能吐出這種沒出息的話。過了一會兒，景開口說了：

「我希望你看著我。」

與她凜然的聲音相反，景的表情軟弱地扭曲起來。

「因為我很軟弱，說不定會感到迷惘，或是想要逃跑。由你來監視我，讓我不會變成那樣。」

好久沒看到這樣的景了，那聲音正像是她被關在跳箱裡時的聲音。

「宮嶺無論何時都會待在我身旁，會一直看著我，這件事不曉得支持了我多少次。」

景此時微微吞了一下口水，說不定景一直在強忍眼淚。說到這邊之後，景緩緩地闔上眼皮，然後接著這麼說了：

「木村同學的事情也是一樣喔。因為有宮嶺陪著我，我才能確實地見證自己做的事情。如果是一個人，我說不定早就逃離了現場。」

我想起景那時的側臉，她反常地露出緊張的表情。說不定景是在那座公園首次目睹到自己發出指示的人死亡的瞬間，或許她是在真正的意義上去面對讓人自殺這件事情。

看著飛濺的紅色，景當時在想些什麼呢？

這時，景緩緩地將手貼向我的胸部，是心臟所在的位置，加速的心跳會傳遞到景手上的地方。

「……但是，假如宮嶺願意成為我的北極星，我就再也不會害怕。我跟你約定，我一定不會迷惘。所以宮嶺，我重新再說一次喔。待在我身旁，由你來觀測我的正義。」

景這麼說，深深吐了一口氣。伴隨著那聲嘆息，淚水的薄膜張貼在景的雙眼上。

我不曉得該怎麼做才好。

即使都到了這種時候，我仍然對大藍閃蝶有強烈的抗拒感。因為我喜歡的是在演講中訴說如何防止自殺的寄河景。

是剛相遇沒多久時，對於還無法好好說話的我，拉起我的手帶領我的景；是緊緊抓住我背後的景。但是那個景是為了我試圖對抗根津原亮，結果被關起來的景；也是幫我把鞋子從教職員鞋櫃拿出來避難的景。

然後也是為了拯救彷彿會死掉的我而殺害根津原亮、為了避免又出現我這種遭遇的人，創立了大藍閃蝶的景。

我最喜歡的寄河景無論如何都會連接到現在的她，倘若要在某處畫出界線，就等於要否定一直以來的景。

最重要的是，景會決定性地變了個人的契機，是在於我。

假如我沒有在那時遭到霸凌的話，沒有被根津原亮盯上的話，或者景沒有被關進跳箱裡的話。那麼一來，景就不會變得不對勁了，景也用不著殺人，說不定是殺了根津原亮的罪惡感擊潰了景的心靈。

然後景現在也抱著那顆彷彿會被擊潰的心靈，偏偏是以我為心靈支柱，持續殺人的行為。原本的她是個本性溫柔善良的人，不是那種能夠懷著惡意殺人的人。

景儘管與那種心情感到糾結，仍選擇營運大藍閃蝶。

我不可能有辦法甩開那樣的景的手。報警或靜觀其變？如果選項只有兩個，我該選擇的答案只有一個。

我緩緩地拉起景貼在我胸前的手，那一瞬間，景猛然抬頭看向我。

「不要緊的……我絕對不會離開景的身旁。」

對於因為我的緣故而壞掉的景，我目前只有一個方法能負起責任。

「無論發生什麼事，我都會保護妳喔，因為我們那麼約好了。」

有一瞬間，腦海中閃過自己跳入火中的兔子影像。因為沒有任何東西可以獻上，所以燒身供養仙人的軼事。但我真的只能這麼做了。

對自己的良心感到痛苦、為自己創造出來的大藍閃蝶苦惱的景，只要我待在她身旁，她說不定就能稍微輕鬆一點。她會相信自己的正義，今後也繼續殺人吧。被害會逐漸擴大。

儘管如此，還是只有我能夠肯定她的「正義」。

「景沒有做錯……景是正確的喔。」

在這個時候，我一定也變得不對勁了吧。我將身為人類很重要的東西，跟蝴蝶圖鑑一起拋在腦後了。

「因為我是景的英雄。」

我一這麼說道，景便用力地抱緊了我。景順勢將臉埋在我的肩上，靜靜地哭泣起來。我像在安撫她似地也回抱著她，我在慢慢濕掉的肩膀上感受到溫暖。大腦興奮起來，被眼前的幸福感給包圍。

在這股幸福感之中，也有個冷靜的自己。這樣就好了嗎？維持現狀就好了嗎？確實有個我在內心的一角敲響警鐘。

但是，我無法阻止景。

最重要的是，我不可能去報警。要是我去報警，景的人生就完蛋了。

我想人類的想像力大概在某種程度上已經定型。所以我最先想到的是，要是這件事穿幫，景就無法再擔任學生會長。比起景會遭到許多人批判、或是受到嚴重的處罰等等，在考慮到那些事情之前，我首先想到的是這種渺小的事情。

恐怕我是內心抱持著這世界上最醜陋的思念的人。但是，唯獨這點是我的真實——我絕對會站在景這邊。

當時我只有這樣的念頭。

3

關於大藍閃蝶，我始終是個旁觀者。

我這麼說並不是想要逃避罪過，擁有操縱他人能力的只有景一個人——就只是這樣罷了。

景雖然將一切都暴露給我看，但就如同她「希望你看著」這句話一般，她不會要求我做什麼。即使目睹木村民雄自殺後已經過了十天，我的任務仍然只有一項，就是在旁觀看景的活動。

景開始會邀我到她家裡的房間，來代替學生會室。因為這些話題被人聽到就傷腦筋了——我盲目聽信這個理由，到景的房間。現在想起來，景那麼說或許只是邀我到她房間的藉口。我說說罷了，這種想法是否天真過頭了呢？

之後我去了景的房間好幾次，但一開始時還是很緊張。無論玄關周圍或客廳的模樣，都跟小學時沒兩樣。頂多就相框增加了，照片裡也開始夾雜國中生和高中生的景吧。

儘管如此，一切還是都跟那時截然不同。

父母應該會在七點左右回來吧，景悠哉地這麼說道，我還記得自己一邊思考這番話背後的含意，同時像個傻瓜似地漲紅了臉。那時景沒有開口揶揄我，或許是因為我流的汗非比尋常。

景的房間整理得很乾淨。那房間就彷彿女高中生房間的典型一般，從小學時起就沒變的大型書桌旁邊擺放著床鋪，床鋪上蓋著紅色格子花紋的棉被。景一進到房間就伸了個懶腰，然後將制服外套與書包扔向一旁，直接躺到了床上。

「……那樣襯衫會皺掉吧？」

「哈哈哈，你講的話好像媽媽一樣呢。」

我不曉得該如何是好，就那樣跪坐在房間入口的地板上。景雖然瞥了我一眼，卻什麼也不說。我無可奈何，只好繼續觀察房間。書桌上放著一台似乎很輕薄的筆記型電腦，旁邊還附帶著平板。

景是用那個在營運大藍閃蝶的嗎？一想到這些，我就在其他意義上緊張起來。模範生的女孩房間裡結了蜘蛛網，延伸出去的蜘蛛絲正在奪走某人的生命。

「你很在意電腦嗎？」

已經整個人躺在床上的景，悠哉地這麼說了。

「裡面安裝了通訊軟體，還有大藍閃蝶的管理名單。平板裡面也裝有同樣的東西，所以我想像這樣在床上與人交談時，會使用平板。」

景轉了一圈翻過身來，同時笑了笑。這也是我第一次看到景像這樣擺出放鬆的狀態。她會像這樣一邊弄皺襯衫，一邊傳送指示給某人嗎？

「只要使用那台平板和電腦，宮嶺也能辦到跟我一樣的事情喔。雖然得輸入密碼才行。」

「……我不會那麼做喔。」

是我的話聽起來很冷淡嗎？景稍微噘起嘴唇。雖然我並非顯示出厭惡感，但或許在景眼裡看來像是一種拒絕也說不定。過了一會兒，景突然地說了起來。

「目前參加遊戲的玩家有三十九人。基本上我能管理的人數大約是四十人，所以這人數滿恰當的。」

我慢了一拍才理解到這是在接續前幾天的話題。

「那三十九人都會服從指示嗎？」

「對呀，目前是這樣。」

她說的「目前」讓我稍微有些在意，這也是我一直很掛心的部分。如果服從指示的人突然清醒過來，反叛大藍閃蝶的話，會怎麼樣呢？假如有那種人去找警察商量，那說不定會導致大藍閃蝶一口氣崩壞。

「我明白宮嶺的不安喔。我也費了一番心思，讓玩家在沉迷遊戲到某個程度後，就無法脫離遊戲。我手上握有玩家的個人情報，和他們不想公諸於世的負面情報喔。另外大藍閃蝶還設立了『群組』。」

「群組？……意思是集團對吧。」

「大藍閃蝶的群組是互相監視的系統喔。在大藍閃蝶裡，我會將幾個人整合成一個群組，讓他們共有課題的達成進度。雖然給予每個人詳細的成就感也很有效，但透過這種做法，大家都會互相展現課題的達成度。」

大藍閃蝶是個遊戲。所謂的遊戲只要有競爭對手，氣氛就會熱烈起來，這表示景也將這一部分計算進去了吧。

「關於不活躍的群組，我會挑一個人直接與他交流，然後廣為宣傳這件事，那樣就會炒熱氣氛。像這樣將各個群組的熱度維持在一定程度是訣竅喔。事情就是這樣，群組終歸是一種管理動機的方法，但最近會提升有點不一樣的效果呢。」

我要再過一陣子才會明白景這番話的意思。這時候的我不曉得該回應什麼才好，只能沉默地看著床上的景。

對於以愚蠢的姿勢僵硬住的我，景笑著說道：

「噯，幫我拿一下平板。」

我點頭回應景的話，總算從地板上站了起來。我將平板交給在床上的景，景彷彿這時才注意到一樣，笑著說了「要不要坐床上？」

「因為這個房間沒有坐墊呢。」

我無法拒絕，只好坐在床鋪的邊緣。景用趴著的姿勢玩著平板。

「噯，你看。」

景讓我看的圖片，是一個將長髮束成一束、垂放在臉部旁邊的女孩。因為是從網路上的畫面擷圖下來的圖片嗎？畫質相當粗糙，整體也十分灰暗。女孩似乎有些不安的表情，以及很無聊似地眯細的雙眼讓人印象深刻。

「我認為這個隸屬於F群組的石川五十鈴同學是最好懂的喔。她的課題消化率是三十六，石川同學再過兩星期就會死亡。」

景彷彿在講述實驗結果似地說道。

「然後這邊的遠藤剛士同學，他是在N群組擔任領導的高三生。遠藤同學對大藍閃蝶的忠誠度很高，也已經出現蝴蝶。按照預定再過三天就會死亡。」

「蝴蝶？」

那是景選擇的大藍閃蝶的主題嗎？像是要回答我的疑問一般，景繼續說道：

「服從大藍閃蝶的指示死掉的人，能夠前往不是這裡的『聖域』。他們會擺脫這種世界，在其他世界羽化喔。」

「那什麼啊……好像宗教一樣。」

「人需要有個故事呀。」

景若無其事地這麼說了。

「光是麻痺思考能力和讓他們完成指示還不夠喔。我一開始就說過，要給有缺陷的人他們想要的東西對吧？」

「那就是故事嗎？」

「自己為什麼感到痛苦、又是為什麼誕生在世上的理由，這些都是為了死於大藍閃蝶，轉生到死後的樂園幸福度日——他們想要這種合情合理的故事。」

聽到這番話，我腦中浮現的是木村民雄的事情，我想起他那心滿意足的表情。我一直在想，為什麼他會露出看來那麼幸福的表情呢？他肯定是在想像接下來要前往的聖域吧。

「……我認為被大藍閃蝶牽著走的人雖然愚蠢，但同時也是不幸的人。為了讓那些人至少能有幸福的心情，需要的就是大藍閃蝶的故事。」

景很悲傷似地露出微笑。

「我們還是蛹，在聖域才能展翅高飛。即使是對現在感到絕望的人，只要能夠相信這件事，就能獲得幸福……我會盡全力讓他們相信這件事。」

這麼述說的景，看起來像是良心的部分濃厚地顯現出來。但幾秒鐘之後，就已經不留痕跡。景的表情變成純粹的研究者，接著這麼說道：

「所以在大藍閃蝶裡面，最尊崇的就是蝴蝶。你看。」

景像這樣讓我看的是紅色蝴蝶的圖片，但蝴蝶的形狀比在網路上看到的還要更加歪曲。是因為畫質太差嗎？無法看得很清楚。就在我仔細凝視的瞬間，我不禁移開了視線。

那隻蝴蝶是畫在身體上，線條的紅色是那個人本身的血。

「我將各種課題搭配成許多組合，不過第四十個課題是共通的喔，就是在自己的身體上雕刻蝴蝶，所以會有蝴蝶出現。雕刻完這個的十天後，那個人就會死亡。」

「……為什麼要做這種事？」

「有幾個理由喔。獲得明顯動機的人會下定決心，而且能辦到這種事和無法辦到的人會明確地區分開來，所以也能成為通過儀式。這女孩雕刻得很漂亮，所以一定會美麗地死亡。」

景依然面不改色。她抱著平板，又再度翻轉身體。

景口中述說著希望邁向死亡的人獲得幸福，同時讓我看沾滿鮮血的蝴蝶。景的內心也跟身體一起不斷翻轉。每當像這樣被迫見識到大藍閃蝶的現實，殘留在我內心還割捨不掉的良心就會感到刺痛，讓我差點吐了出來。

我覺得自己好像受到測試一樣。景測量的是要展現多少大藍閃蝶的事情讓我看，我才會示弱的閾值。就某種意義來說，這也是進階的過程，每當容許這一切，我對景的愛情就開始具備無法挽回的重量。為了默認景的行為，我必須移開視線的事物逐漸增加。

彷彿看穿了我這樣的躊躇，景將手伸向我這邊。她將手繞到我的肩膀上，用她的體重把我推倒在床上。景就那樣跨坐在我的腹部上，她小聲地說：

「你討厭我了嗎？」

那聲音彷彿在害怕被拋棄一樣，感覺好像她內心的糾葛與躊躇、畏懼與使命感都摻雜起來，流入我體內一般。

「……我沒有討厭妳喔。」

我還沒辦法討厭妳——我在內心這麼低喃，於是景就那樣壓向我的胸部。床鋪承受著體重的移動，發出嘎吱聲響。

雖然不曉得為什麼，但那一天我們接吻了。彷彿要反抗重力 般，我堵住她伶牙俐齒的嘴。雖然景稍微吃驚了一下，但她看似開心地回應我的吻。我們接吻了幾次後，景就那樣將體重靠在我身上，睡了起來。她的睡臉毫無防備，或許是因為在半夜進行大藍閃蝶的活動，才會在這個時間想睡。

發出微弱的呼吸聲睡著的景十分可愛。

這件事讓事態變得更加醜陋。

那之後我用手指滑了一下平板。一片漆黑的螢幕上顯示出輸入四位數密碼的畫面，我稍微苦惱了一下，輸入景的生日，被拒絕了。我接著嘗試的是我的生日。

不出所料，我破解了密碼，裝滿大藍閃蝶祕密的平板解鎖了。

4

三天後，就如同景所說的，名叫遠藤剛士的男高中生死亡了。

我是在兩人一起從學校回家的途中聽到這個報告的。因為學生會的活動繁忙，我們也三天沒有像這樣兩人一起回家了。景像是忽然想起似地舉出某條路線的名字。

「在首班車發車時跳軌自殺的就是遠藤同學喔。」

我用智慧型手機確認，看來真的在首班車發車時發生了跳軌事故。還記述著雖然延遲將近一小時，但在通勤尖峰時段前恢復通車了。雖然內容沒有提到遠藤剛士的名字和自殺，但我能夠很自然地相信那就是遠藤剛士。

因為他是悄悄地死掉，所以警察還沒有注意到這件事。刻在遠藤剛士身體上的蝴蝶，是否在事故時變得看不見了呢？

明明內心泛起漣漪，卻沒有像之前那麼震驚。或許是因為他的死亡實在過於公事公辦地被處理，或者說不定是因為他並非在眼前死亡的關係。還是說自從跟景開始交往後，我的內心就漸漸適應了也說不定。

「你今天也可以來我房間嗎？」

景像這樣屢次邀我到她房間。

然後自這一天起，我開始會極為自然地到景的房間。為了避免與景的父母碰面，下午六點的鐘聲一響，我就會立刻離開她家裡。我們兩人在很多意義上都做了虧心事。

景的房間有很多關於心理學的書，有就連我也知道名字的著名作品，和看起來就很艱深的不知作者是誰的書。甚至還夾雜著《能夠在轉眼間操縱人的機密法則》這種可疑的雜誌書，景對知識的貪婪讓我大吃一驚。

此外還有很多論文。不光是用日文寫的論文，還有用英文寫的，大部分都貼著便條紙。我不曉得這些論文的內容是否實際上對大藍閃蝶的營運有貢獻。

其中被翻閱最多次的論文，是名叫池谷菅生的社會學者所寫的論文。那篇論文列舉了複數案例，說明缺乏自主性的人容易受到偏攻擊性的事物影響。例如一八二四年在美國的酒館發生的暴動，或是在一個詐欺師的帶領下發生的農村全滅事件。也有列舉在日本發生的案例，像是二〇〇二年發生的管樂社宿營的私刑殺人事件就是一個例子。

看了這些內容，我浮現一個想法，景應該是參考這篇論文創立了大藍閃蝶的吧。

然後在對自己的行為感到迷惘時，便抽空溫習池谷菅生的論文。那個景也會感到迷惘的事實，讓我感到驚訝與一種奇妙的欣喜感。她在百般迷惘之後，仍持續營運大藍閃蝶這件事，讓我很開心。

而且池谷菅生的論文對我而言也是很有意思的內容。親眼目睹到刊登在論文上各種事件後，讓我覺得果然景做的事情是正確的吧。會因為大藍閃蝶死亡的人，一定遲早會傷害某人。

「那個有趣嗎？」

在背後的景忽然這麼向我搭話。景露出有些尷尬的表情笑著，她是否認為這篇論文本身就是自己軟弱的證據呢？

我沒有回答問題，而是吻上她，於是景一言不發地拉起我的手，帶領我到床上。

如果說景的軟弱和困惑正是我存在的意義，那就是最棒的勳章了。

持續營運大藍閃蝶的景，顯露出明確的疲憊神色。是因為自己選擇了當大藍閃蝶的管理員這種意識很強烈嗎？景沒有說過洩氣話。明明持續推動大藍閃蝶一事，以作業量來說也是很沉重的工作。

景給予的五十個課題，會因為每個人的性格和傾向不同，有著微妙的差異。只有從簡單的任務開始讓對方完成，和削減睡眠時間這兩點不變，其他會因為性別和資質不同，仔細地反覆調整。

相對於給某人的第二十二個指示是「在清晨四點一直觀賞電視的雜訊雪花畫面」，給另一個人的指示則是「在清晨三點將便條紙整張塗黑」。雖然我弄不明白，但人類好像具備某種傾向，最會動搖心神的事情似乎因人而異。

景有系統地管理那些指示，設計成只要按下一個按鍵就能發出指示的構造，儘管如此，必須掌握的事情數量依舊相當可觀。

除此之外，景也肩負著重要的職責。

她會跟她判斷有資質的人通話，誘導對方更無法自拔地迷上大藍閃蝶；或是為了順利控制群組內部，指導一部分玩家。

從小學時的經驗產生的大藍閃蝶的結構確實很有效果，但在大藍閃蝶當中，寄河景不可思議的魅力才是最強大的武器。只要與景對話過一次，那個玩家就會像是被什麼給附身一樣，發誓會效忠大藍閃蝶。

我不曉得作為管理員的景與玩家們聊了些什麼，但我能夠鮮明地想像她與生俱來的溝通技能和那種充滿說服力的語調，操控螢幕另一頭的某人的樣子。寄河景就是能理所當然地辦到這種事的人才。

但是，這種行為似乎也是讓景疲憊的最大原因。這也難怪，這跟發出指示又是不同回事。用自己的話語直接讓某人邁向死亡這種事，是對景的心靈造成負擔的行為吧——我這麼心想。

每當景露出想不開的表情面向平板、每當看到她注視著為了大藍閃蝶用而下載的通話軟體，一臉茫然的模樣，我就想到景孤獨的戰鬥。應該是大紅人的景，看起來卻非常孤獨。

是因為這樣嗎？景一邀我到家裡，就會像孩子似地向我撒嬌。她在床上將身體貼近我，默默地注視著我。我一言不發地撫摸她的頭，景便很開心似地瞇細眼睛。唯獨這時候，景看起來也像是個普通的高中女生。

在兩人獨處的房間裡，我們自然而然地接吻。我抱住景，有一種莫名的感慨，不知這纖細的身體和多少人的命運有牽扯呢？

「宮嶺。」

景用只讓我聽見的甜膩聲音這麼說道，那之後幾乎是任憑擺布。我一邊感受著景壓上來的重量，同時只顧專心地寵愛她。如果這種行為能療癒景，光是那樣我就覺得足夠了。

某種程度的行為結束後，景會直接睡在我的膝蓋上。閒著無事可做的我，拿起立在床鋪角落的平板。景沒有阻止我看平板。她看起來反倒像是因為我在關注她做的事情，而感到開心的樣子。

我破解密碼，看裡面的內容。

在大藍閃蝶的相關事情中，平板的主要功能是拿來使用主要的各種ＳＮＳ服務與通訊軟體，還有Excel檔案。我點開綠色的圖標，顯示最新的工作表。

一如景一絲不苟的性格，清單整理得井然有序。我點開遠藤剛士那欄，看向從我跟景聊到時算起的倒數三個，也就是他死亡三天前的課題。

「四十八．跟群組的大家說『聖域』的話題。」

「四十九．與管理員聊天。用鏡子確認蝴蝶，也跟蝴蝶對話。」

「五十．最後的課題。在首班電車發車時跳軌。」

這最後一個課題果然也有打勾確認。那之後像是補充一般，寫著「跳軌自殺」。

清單上還有很多其他人的名字。手樹洋輔、丸井蜜子、戶代優華。上面每一個人此刻也正邁向死亡。

我經常妄想著這份才能被用在正確方向的世界，那種時候會浮現的果然是善名美玖利的臉，還有拚命地阻止她自殺、表情凜然的寄河景。

她雖然是我深愛的景，卻又不是景。這件事讓我非常悲傷。

這種生活持續了一陣子後，對我們而言的第一個轉機到來了。

應當是大藍閃蝶玩家的丸井蜜子，她的屍體在河岸被人發現了。

5

那則新聞被大規模地報導，那是就讀都內高中的女高中生被複數人施加暴力並遭到殺害的殺人事件。

她與朋友的合照被刊登出來，她的名字和死亡狀況也被報導出來。死後大約三天、動機不明。警方正持續搜查這個事件的相關情報，但尚未抓到嫌疑犯。

我一邊看著新聞，同時不禁僵硬住了。我知道這個將長髮綁成馬尾，看來很開朗的少女。我在景的床上看過這個不曾見面的少女名字，是那個平板的Excel檔案裡出現過的名字。

我壓抑住加速的心跳，回溯著記憶。她的進度應該還在完成第三十二個課題那邊，那之後才過了大約五天而已。不管再怎麼說，都死得太早了。大藍閃蝶原本就被嚴格的規則支配著。

那天是星期天，所以我找景到家裡附近的卡拉ＯＫ。那是用包廂分隔開來，可以不用在意周圍視線談話的場所。

在昏暗的室內，彷彿派對般的七彩燈光照亮著室內。

景的裝扮是白色上衣與淡綠色裙子，所以就彷彿把那七彩燈光直接穿在身上一般。每當房間內的燈光照耀著她，白皙的肢體就染上紅色、藍色和黃色。

「宮嶺居然會邀我來這種地方，感覺真不可思議呢。」

「丸井蜜子同學是大藍閃蝶的玩家對吧。聽……聽說她被殺了。」

對於悠哉地說道的景，我開門見山地說了。我的聲音不爭氣地顫抖著，就是那般震撼的事情。大藍閃蝶不是只會讓人自殺嗎？我根本沒想到會發生殺人事件，究竟是怎麼一回事啊？這種心情明明在內心轉個不停，卻無法好好地歸納出結論。過了一會兒，景開口說道：

「我之前曾說過關於群組的功用對吧？」

「……是談論管理動機的時候？」

「嗯，我跟你說，宮嶺。這就是建立群組的另一個優點，自淨作用。」

景淡然地這麼說了。那時景的確針對群組提到「副產品」的話題，我後悔當時沒有好好地聽清楚內容。但是，就算我聽了，我又是否能阻止丸井蜜子遭到殺害呢？明明她是個本來就會死的人？

「自淨作用是指……」

「玩家最害怕的是大藍閃蝶的秩序被擾亂。群組不會饒恕無視自己拚命遵守的規範與指示的人。老實說，從第二十九個課題之後，丸井蜜子同學就開始不服從指示了。大概是在途中感到害怕起來了吧，或者是因為外在因素不小心睡著了嗎？因此她想要脫離大藍閃蝶，明明個人情報早就在群組裡散播開來了呢。所以丸井同學遭到肅清了。」

景淡然地繼續述說著原因。

「兇手應該是同個群組裡的某人吧。但是，八成殺害了丸井蜜子同學的L群組，幾乎都完成羽化了，剩下的人們也會在五天之內消失喔。」

「這已經跨越了那條界線，景應該也明白這點吧。得讓他們停止這種行為——」

「我明白！」

這時，景反常地大聲喊道，第一次聽到她這種聲音。房間的燈光有一瞬間變暗，過了一會兒，染成彷彿會寒風刺骨的藍色。

「……我明白的。這是不對的，這種事是錯的。」

景的聲音是打從心底感到悲痛的聲音。因為房間昏暗，我看不見她細微的表情。但她的雙眼難得地浮現出困惑的色彩。

「但是，我不能讓他們停手。不像這樣展開內部肅清的話，就無法維持群組。雖然沒有設想到會發生這麼殘酷的事情，但假如沒有這樣，大藍閃蝶就會崩壞。」

我也能夠理解景說的話。要維持大藍閃蝶，需要玩家不會脫離遊戲的抑止力吧。儘管如此，這還是與景至今為止的做法明顯不同。

「景早就知道群組的自淨作用了吧？在這次事件之前也發生過同樣的事情嗎？」

「大概三個月前，發生了就讀高中二年級的吉尾英德同學在路邊被刺殺的事件。

警方斷定是殺人魔犯罪，目前還沒有抓到兇手。他隸屬的C群組已經全員羽化了。」

老實說我對那則新聞沒有印象，是因為有其他更引人注目的新聞嗎？還是說丸井蜜子被報導的方式比較特別呢？

說到三個月前，正好是景開始要求我待在身旁的時候。我想起學生會室裡那個無事可做，似乎很無聊的景，那是因為她得知了吉尾英德的事件嗎？景對大藍閃蝶提出疑問的契機就是這個？

「我無法阻止群組的肅清。」

對於擅自進行推理的我，景用毅然的態度這麼說了。

「這是維持大藍閃蝶所必要的事情。無論宮嶺會怎麼看我，我都會肯定這個行為。」

「……我不會討厭妳的。」

在被景詢問之前，我先這麼回答了。

只不過，一種強烈的焦躁感襲向我這點也是事實。擺在附近的電視傳來新人偶像天真無邪的自我介紹，明明早上還覺得那麼可怕的事件，但光是聽到景斬釘截鐵地那麼說，我便不得不予以肯定。

「……丸井同學喜歡我也不是很熟的外國樂團的歌曲喔。」

景像是自言自語似地這麼低喃，點了某首歌曲。看來似乎是英國的樂團，但我也不知道那個樂團。英文歌詞與莫名哀傷的旋律一起播放出來，景沒有唱那首歌，只是目不轉睛地注視著。

「雖然必須忘記才行，但跟丸井同學聊天時的事情，一直在我腦中揮之不去。」

得知丸井蜜子遭到殺害時，景究竟是怎樣的心情呢？因為丸井同學已經開始不再那麼熱衷於大藍閃蝶，在接受制裁之前，景說不定曾在群組內試圖說服她。但是，丸井同學死掉了。

景輕輕咬了咬嘴脣。隨著歌曲逐漸邁向尾聲，景很痛苦似地瞇細眼睛。

「……景可以遺忘喔。景無法忘懷的話，大藍閃蝶一定無法維持下去……」

我這麼說，於是景依然一臉痛苦的表情，曖昧地點了點頭。

然後我們一言不發地離開了卡拉ＯＫ。簡直就像陌生人一般，我們真的很久沒有變得像這樣子了。

回到家的我，搜尋丸井蜜子殺人事件，從新聞報導到論壇的留言，我將搜尋出來的結果一個個列印出來。有許多人對這個殺人事件發表各自的見解。

是關於大藍閃蝶的傳聞出乎意料地散播開來了嗎？也有人正確地說中了真相，但是大部分人都斷定那是妄想。把常見的都市傳說與實際發生的殺人事件確實連接起來的人並不多。

接著我也搜尋了吉尾英德的事件。比起今天剛被報導出來的丸井蜜子，關於他的隨機殺人魔事件有更多詳細情報。我同樣地將那些情報列印出來，同時心想也到圖書館調查一下過期的報紙吧。

眨眼間，房間的地板已經充斥著兩起殺人事件的相關資訊。我一邊將那些資料一張一張仔細地歸檔，同時在內心想著。景可以遺忘，由我來代替她記得這件事吧。至少正確地掌握著這起事件真相的人，只有我而已。

我邊歸檔邊忽然想起，據說連續殺人犯往往會固執地確認自己事件的相關報導。雖然忘了是在外國影集中看到，還是在書上看到的，但記得有那樣的說法。

與大藍閃蝶相關而死亡的人，增加到六十二人了，明天會變成六十三人。無論理念為何，景都是個不折不扣的殺人魔。

但是，如果觀察在做的行為，我反倒更像個殺人魔。

說不定那才是正確的，景並沒有做錯，我必須保護景的心靈才行——我在房間一個人不斷喃喃自語。

那之後我也持續收集關於大藍閃蝶殺人事件的情報。因為群組的自淨作用而遭到殺害的人，最終增加到六人，我將這些事件都歸檔，放在房間的架子上。彷彿這麼做可以幫上景什麼忙一樣。

無論這時我的動機為何，這些檔案本身是有用的。

在卡拉ＯＫ交談過的隔天，景跟我都恢復成平常的相處模式。我們不談大藍閃蝶的話題，而是談論逼近眼前的期末考。

「等放暑假後，我們找個地方散心吧。雖然沒辦法過夜就是了。」

我內心想著是因為有大藍閃蝶的事情吧，但景則是笑著說「我爸爸也不可能同意」。

「最近爸爸在懷疑宮嶺呢，附近的鄰居好像看到宮嶺來我家時的樣子。他好像很擔心我們是不是在做什麼奇怪的事情。」

「……我在妳爸媽回來前就回家了耶。」

「啊，你承認我們在做奇怪的事情啊。」

「……景。」

「不過，我們是真的在做不能講出去的事情呢。」

景一邊說著即使是玩笑也讓人笑不出來的話，同時笑了笑。

「話說回來，家裡沒人顧還是會擔心呢。如果可以上網的話，無論在什麼地方都能發出指示就是了。」

景忽然露出正經的表情，她一邊這麼說，一邊大大地伸了個懶腰。雖然仔細一想是理所當然的事情，但景沒有休假。即使我們就這樣變成大人，只要繼續營運大藍閃蝶，景就無法出門旅行嗎？話說三年級夏天還有畢業旅行。景打算怎麼辦呢？

「景要一直繼續營運大藍閃蝶嗎？」

「繼續營運這種說法也很奇怪就是了……但我會做到底。」

「做到底是指？」

景用難以言喻的表情歪了歪頭，沒有繼續說下去。是指遊戲玩家都不在了的時候嗎？還是景本身想結束的時候呢？我懇切地希望那個結束條件中不會包含景的死亡或景被逮捕。

她用來參考的池谷菅生的論文中，沒有清楚地寫出結局。其中只有人類是如何被牽著走的摘要而已。景的大藍閃蝶會到達那篇論文的前方嗎？

「那樣一來，就能把這些書和文件都處理掉呢。畢竟也挺占空間的，或許已經可以丟掉了吧。」

景一邊戳著塞滿書的架子，同時笑了笑。

「不只是這些嗎？還有智慧型手機跟電腦也是，全部都丟掉好了。把不要的東西整理整理，一起點火燒掉吧。」

「電腦什麼的也能燃燒嗎？」

「這世上大半的東西都會燃燒喔。」

雖然是有些愚蠢的願望，但我希望大藍閃蝶有一天會自然地衰退。景擁有的魔法完全消失、大藍閃蝶這個夢想消散、景可以完全放下大藍閃蝶出門旅行——這就是我天真夢想的全貌。

但是景的大藍閃蝶並沒有衰退，反倒逐漸地蛻變成長。

6

平板裡顯示著景傳送出去的訊息。

『我明白喔。我跟你一樣，這種世界配不上你。就算一直這樣活下去，也沒有人會發現你的存在。你的父母會一輩子認為你是個廢物。』

用這些無關緊要的對話來導入大藍閃蝶，是常見的模式。戳中對方內心的弱點，灌輸他自己是多麼沒有生存價值、多麼愚蠢、倒不如死掉還比較好這些觀念。

然後隔一段時間後，這次向對方伸出援手。

『但是你有可能成為特別的存在。』

『把大藍閃蝶玩到最後的人，會被賦予從這種痛苦中獲得解放的權利。』

『如果是你一定能辦到。』

與課題一同傳送過來的訊息是些不值一提的內容。明明如此，但像這樣收到景的訊息的玩家們，都像著迷了一般以終點為目標。明明是很簡潔、照理說也沒有多特別的內容。

儘管如此，大藍閃蝶的蝴蝶們仍撲向火中。

這些文章在我腦內以寄河景的聲音重播。景的聲音很有特色，不高也不低，簡直就像樂器一樣響亮。我追逐著在每一段文字間搖晃的那聲音，於是感覺腦袋逐漸發燙了起來。話說回來，我一直以為景那種不可思議的魔力是因為聲音。但就算像這樣只有文字，景的話語也蘊含著力量。

「你在看我的個人聊天室？」

我轉頭一看，只見寄河景就站在那裡。明明這麼炎熱，景卻一滴汗也沒流的樣子。從鬆開兩顆鈕釦的上衣底下，可以看見突出的鎖骨。

「……因為我有點在意。」

「感覺有些難為情呢。其實我就連被宮嶺看到學生會的工作，也會有些害羞。」

景將大藍閃蝶與塔之峰高中學生會相提並論，同時拿出智慧型手機。

「妳要打電話嗎？明明是下午？」

「嗯，因為他會幫忙引導群組，也會幫忙完成肅清。已經做到這種地步的人想要恢復理智的話，會壞掉的喔。」

景若無其事地說道。恐怕她接下來要打電話的對象，已經為了大藍閃蝶、為了景殺人了吧。的確，已經到了那種地步的話，肯定無法再回頭了。萬一他對大藍閃蝶存疑，最後會無法承受自己犯下的沉重罪過。

景按照她的宣言，開始打電話給那個某人。然後她在夕陽照耀下露出笑容，對位於這世界某處的玩家溫柔地說了「是我喔」。景就那樣悄悄地與某人對話。輕柔的笑聲、微弱的嘆息。景的聲音彷彿民謠一般在房間響起，引導某人邁向死亡。

「……沒事的，我們一定能在聖域再會，到時我一定會找到你的。那再見嘍，筒島義治同學。再見。」

景甜美的聲音響起，然後景沉默下來，暫時閉上了眼睛。

雖然不曉得電話另一頭的狀況，但恐怕筒島義治已經死了吧。是跳樓嗎？還是上吊呢？或者是刎頸呢？景掛掉電話，將手機咚一聲地扔到床上。我一邊看著彈起的手機，一邊靜靜地詢問：

「死了？」

「……嗯。」

景像換了個人似地，露出陰鬱的神色。她用雙手遮掩住即將哭出來的表情，縮起了背。有人死掉時的景總是這樣，明明是她自己將人帶向死亡的方向。

景彷彿貓一樣伸了個懶腰，就那樣躺在床上。制服會皺掉喔——我這麼提醒，景便回了句「你又說這個」，呵呵地笑了。景平坦的肚子也配合她的笑聲起伏，我忽然將手放在她肚臍周圍，於是景說著「這樣很癢喔」，又笑了出來。

景的肚子很溫暖，讓人感受到裝在裡面的內臟的存在。

「被宮嶺按住，肚子咕嚕咕嚕叫呢。」

跟我兩人獨處時的景，比平常要無憂無慮許多。周圍的人都不曉得這樣的景，甚至就連景像這樣重複著世界上最溫和的殺人的事情，也只有我才知道。

「筒島義治感覺很滿足嗎？」

「……嗯，他似乎很幸福喔。明明剛相遇沒多久時，他還找不到人生有任何意義。他說遇見我之後，世界就改變了，能遇見我很幸福——他這麼說了。」

只聽這些的話，景的行為看起來像是沒有任何問題的善行。看起來像是跟試圖拯救遭到霸凌的青梅竹馬、還有找不見的貓找到傍晚是同一條線上的行為。只不過，景這種行為的終點是死亡一事，讓我的判斷變遲鈍。景說不定是在救人，迷上大藍閃蝶的人無論是誰都抱有缺陷，他們發現能填補那缺陷的事物，對景心懷感謝地死去。

只要自殺不是壞事，寄河景說不定還能成為真正的救世主。

話說自殺真的是壞事嗎？

明明大家是自己選擇那麼做的？

還是說，景不過是我以前憎恨的根津原亮的鏡像而已呢？結果我就連這點也不知道地存在著。留在聊天室紀錄上的「我找到你嘍」的文字，成為將死之人心靈依靠的

「再見嘍」的文字。

「嗳。」

我又差點被關進思考的死胡同，景的話將我拉了回來。

「你在想什麼？」

景像是鬧彆扭似地噘起嘴脣。就連這易懂的動作，一定也是景裝出來的吧，為了在這裡完美地討我的歡心。儘管如此，我還是被景緊緊束縛住。

「大家都很喜歡景呢。」

這句話不禁脫口而出。

藉由不斷發出指示，來降低達成課題的難度；設立群組並建立互相監視的系統；運用否定與肯定瓦解對方的自我；削減睡眠時間來剝奪思考能力；有時像獎賞一般，給予對方想聽的話語。

我甚至覺得超越這所有的技巧，完全是靠寄河景的存在讓大藍閃蝶成立的吧。玩家都愛上了景，一定都想跟她再會。會不會其實只是這樣而已呢？

然後我大概也不過是其中之一吧。

「你說的話真不可思議呢。」

景露出愣住的表情這麼說道後，像孩子似地笑了。難以想像她是剛才推動某人去自殺的人。景面不改色，明明才剛目送了某人離開，景卻一點也沒變。

「妳別笑啦。我也……我說不定也跟其他人沒什麼兩樣。」

「嗯，聽你這麼一說，或許是那樣呢。畢竟宮嶺也很喜歡我嘛。」

不出所料，很乾脆地對我這麼說的景十分惹人憐愛。看到景很愉快似地拍動著雙腳，我感覺突然難為情了起來。就在我想收回前言的瞬間，景像看準了時機似地接著說道：

「但是，你有一點跟其他玩家不同喔？」

「……不會死這點？還是不會服從指示這點？」

「是被我愛著這點。」

景轉了一圈將身體翻轉過來，面向我這邊，原本側身躺著的景毫不猶豫地將手伸向我。搭在她肩上的美麗黑髮也跟著發出微弱的音響，滑落到床單上。

「噯，宮嶺，抱緊我好嗎？」

很容易達成的簡短指示，以景本人的聲音對我低喃。果然我跟大藍閃蝶的玩家們沒什麼兩樣，我想回應景的話語，想獲得回報。

「……可以吻我嗎？」

納入我手臂中的景給予下個指示。雖然以前的我說著這樣下去不行，但那樣的聲音被景熱切的聲音給覆蓋了。

「噯，景相信聖域嗎？或者該說相信天堂和地獄嗎？」

我忽然有些在意，對著重新穿上制服的景的背影這麼詢問。

死後的聖域是構成大藍閃蝶核心的想法之一。正因為相信能在那裡與景重逢，玩家才會那麼輕易地選擇死亡。比起渾身是傷的現世，他們更想前往能與景相遇的那個地方。就彷彿尋求花蜜的蝴蝶一樣，或者宛如撲向火中的飛蛾一樣。

「宮嶺相信嗎？」

「不是說不能用問題回答問題嗎？」

「告訴我嘛。」

「我相信有死後的世界喔。」

正確來說，是我想相信。或許不是只是旁觀著眼前這些行為的我該說的話，但我十分害怕死後的黑暗。光是想像人類死後會變成虛無這件事，我就感受到一種彷彿胃部緊縮起來般的恐懼。就這點來說，大藍閃蝶提倡的聖域的概念十分溫柔。死後去的地方有光明這點實在很棒。

身為規劃者的景是否會相信這種童話故事呢？我稍微瞥向她。景會用清澈的眼眸肯定我，或者笑我太天真呢？

「那麼，我們一定要在那裡再會喔。」

我的預測都落空了。景用認真的表情這麼說道後，再次與鈕釦奮戰起來。我拋出的疑問似乎就在這邊劃下句點。

我反芻著景若無其事地對我說的話。那麼，我們一定要在那裡再會喔。

那之後，景就那樣睡著了。上衣已經弄皺到不可能復原的程度。我眺望著悠哉入睡的她，同時不經意地再一次拿出平板。我像這樣觀察隔著大藍閃蝶的寄河景時，忽然發現了奇妙的訊息紀錄。

跟其他眾多的訊息不同，景與那個對象的交談紀錄標記了星號。用來表示特別對象的記號。是群組的重要人物還什麼嗎？我一邊這麼心想，一邊點開聊天紀錄。

是對方傳送過來的訊息會被逐次刪除嗎？只剩下景傳送出去的訊息。我依序閱讀。

『你是非常正直的人呢。』

『我明白的喔。你是非常優秀的人。因為知道了這一點，我才會想要與你像這樣交談。』

『你的罪過是被強加的。在這裡的你沒有活著的價值。無論是誰都會對你丟石頭，沒有人會正確地評價你。再也不會有。』

彷彿在冷淡地否定對方，卻又從黑暗當中將對方撈起來一般的話語。

『但是，我發現你了。』

『我一直在等像你這樣的人。』

我並不曉得為什麼這樣的對話會很特別。雖然景使用敬語很稀奇，但她原本就會配合談話對象改變文章內容。話說回來，對方的罪過是指什麼呢？

我突然好像要無法承受目前所有的狀況，我按住太陽穴周圍，勉強甩開那種感覺。這時，睡在我身旁的景微微地翻動身體。我再一次將手貼到安穩沉睡著的景的肚子上，很自然地出聲說了「我該怎麼做才好？」沉睡的景沒有給我任何指示。

我能做的只有在近距離持續觀測大藍閃蝶。

但是用不著我去記憶，這個時期的大藍閃蝶已經將許多人捲了進來，開始實現巨大的進化。

第四章

1

不確定是否暑假前這個時期造成的影響，但自殺遊戲「大藍閃蝶」開始在網路上興盛起來。

開端是丸井蜜子的事件。正因為新聞不再報導，這起事件似乎至今仍在網路上成為話題。匿名的「推理」就這樣逐步地持續被拼湊起來。

然後某一天，有人寫了相關的詳細文章。那篇文章煞有其事地記述著大藍閃蝶這個自殺遊戲實際存在，與那個遊戲相關的人會在現實中死亡，或是遭受制裁而被殺害，還有丸井蜜子是因為與大藍閃蝶相關才會遭到殺害等事情。

當然那篇文章並不完整，還欠缺許多部分。像是大藍閃蝶傳送過來的指示內容不同、或是與大藍閃蝶毫不相干的殺人事件也被捲進去，還有後台是黑道這種好像真有那麼一回事的謠言。

但是也有寫出「死亡的丸井蜜子的身體上有蝴蝶型傷痕」這種真正的情報。那傷痕肩負大藍閃蝶的重要核心，是課題之一。丸井蜜子應該是在第二十九個課題時退出的，所以刻下蝴蝶的應該是殺害了丸井蜜子的群組成員吧。

在明顯的謠言之中，包含著一丁點的真實。光是這樣，文章的可信度就提升到令人驚訝的地步，實際上也成了話題。看到傳入自己帳號的那個網頁時，我的心臟不禁差點停止。

眾人相信了並非單純的傳聞，而是更有溫度的大藍閃蝶的事情。大家都被那個給迷住，拚命地追逐玩了就會死的遊戲影子。

甚至就連在學校也開始會聽到那名字，周圍的人都對那個發表意見。

如果僅限於教室這種狹隘的地方，寄河景與大藍閃蝶確實改變了世界。那起伏就連位於正中央的我都感到可怕。照這樣下去，大藍閃蝶會變成怎樣呢？會變成什麼樣子呢？

「噯，景。妳知道這個嗎？現在ＳＮＳ很流行的東西，大藍閃蝶。」

同班同學在教室中心這麼向景搭話。景很感興趣似地探頭看向智慧型手機，同時露出有些為難的笑容。雖然不曉得她說了什麼，但能輕易察覺到她的演技十分完美。

大藍閃蝶開始成長到我們無法控制的地步。在這種狀況當中，景的雙眼用只有我才看得出來的溫度，平靜地看待這一切。簡直就像她早就知道會變成這樣了。

「嗯，變得很不得了呢，偽大藍閃蝶。」

實際上，景似乎真的早就連這種事情都預料到了。放學後，對於慌張地質問景的我，景一臉慵懶地這麼說了。

「……妳不驚訝嗎？」

「我早就知道大藍閃蝶的規模變大的話，會像這樣廣為人知了。就算沒有這樣，大藍閃蝶的傳聞本身也從很早之前就在流傳了。」

景選了位於車站附近的電玩遊樂場當作閒聊的地方。「我一直想去一次看看呢。」我還記得自己無法看透景這麼說的真正意圖，難得地焦急了起來。周圍除了我們之外也有許多高中生情侶，我實在靜不下心。我甚至覺得那些人都在談論大藍閃蝶的事情。

「沒問題的，沒人在看。」

景邊說邊將自己的手勾上我的手臂。然後她將頭靠到我肩上，這麼低喃了：

「不只是有網路文章在寫大藍閃蝶的事，還有許多說是轉載了大藍閃蝶指示的影片和網頁，也開始會出現在搜尋結果裡。」

明明位於喧囂當中，景的聲音卻清楚地傳入我耳裡。

「那個我看過了，根本沒有真正的指示就是了。」

「又不是大法師，我才不會讓他們在房間裡畫什麼魔法陣，還是喝山羊鮮血什麼的。」

彷彿那就是最棒的笑話一樣，景呵呵地笑了，相對之下我則是焦慮不已。我鑽過夾娃娃機之間，忙碌地移動著視線。

「怎麼辦，這樣下去很不妙喔。」

「怎麼這麼說？」

「照這樣下去，大藍閃蝶會異常地出名，說不定會被目前還沒有動作的警方給盯上。」

「警方已經盯上了喔。真要說的話，警方盯上的不是我個人，他們好像認為這是搭上大藍閃蝶這個潮流的集體自殺。」

究竟是從哪裡得知的呢？景冷靜地這麼說了。

「……說不定暫時停止遊戲比較好。畢竟連丸井蜜子的蝴蝶傷痕都被寫出來了，今後也會出現更多假的大藍閃蝶網站，會愈來愈出名——」

「嗯。」

「在班上也有人跟景提到大藍閃蝶的話題對吧？那樣一來，大家都會知道大藍閃蝶的事情……明明真正的大藍閃蝶是由景管理一切，才能順利進行的，冒牌貨卻無謂地蔓延開來——」

「嗯。」

明明我拚命地在尋找話語，景卻看著在玻璃窗裡面堆積如山的彩色熊娃娃。景是不是沒搞清楚現在的狀況呢？這種恐懼讓我更加感到焦急。

「噯，景。我在講正經事喔……所以說，要是冒牌貨這麼蔓延開來，大藍閃蝶會……」

這時我忽然察覺到一件事。

要是大藍閃蝶就這樣變得出名、低劣的假網站增加、大家開始談論大藍閃蝶的話，究竟會發生什麼事呢？我一直隱約地認為那是壞事，但我完全無法想像實際上會發生什麼事情。

「……然後呢？」

景的視線不是盯著玻璃窗中的熊娃娃，而是轉向突然說不出話的我。她的眼神與其說是在責備我，不如說像是在憐愛我般地濕潤了雙眼。

「沒關係，宮嶺。這樣就行了喔。粗糙的大藍閃蝶就這樣蔓延開來的話，那樣反倒對我們有利呢。一定也有人會服從不曉得是真的還假的指示而死亡。」

景露出預言者的眼神這麼說道後，淺淺地笑了。

「騙人，不可能有那種事……景不是也說過嗎？因為是景這種做法，那些人才會服從指示的。」

「可是，大家已經幫忙宣傳了我的故事呀。」

「……什麼意思？」

「就是趨勢已經形成了喔。即使我不去調整方向，周圍的人也一定會被誘導過來。」

這時，明明我們什麼也沒動，但堆在山頂上的一個布偶咕嚕地滾落下來，掉到取物口。似乎是重心不穩地卡在上面的布偶，因為某些緣故掉落了下來。

「我能夠直接操控的人數有極限喔。時間有限，照這樣下去，無論多麼努力，都有碰觸不到的人。儘管如此，只要大藍閃蝶像這樣變出名，以結果來說，落網的人應該也會增加。」

「當然有風險對吧。」

「但也有相當的價值喔。」

大藍閃蝶愈是出名，景被逮捕的危險性也會跟著提升。明明如此，景卻只注意大藍閃蝶會獲得新玩家這件事，甚至看不到其他事情的樣子。

簡直就像在說大藍閃蝶本身就是她自己一樣，明明只要踏錯一步，情況說不定就會變得無法挽回。

「那麼景打算到哪裡呢？」

「宮嶺說的話真奇怪呢。」

或許這時候是我第一次在真正的意義上覺得景很可怕。景緩緩瞇細雙眼，開口說道：

「我會待在這裡喔。」

我說不定會想逃離——曾經這麼說的景，跟眼前的她看起來實在不像是同一人物。

景彷彿自己就是大藍閃蝶一般抬頭仰望我，看來有些滿足似地露出微笑。

周圍的情侶們像我們一樣手勾著手走著，每個人看起來都很幸福的樣子。從旁人眼裡看來，我們看起來也像是同樣幸福的情侶吧。

但是，我一邊感受著景勾住自己手臂的體溫，同時感到有一點寒冷。

我直截了當地說吧。

我從這時候開始，就非常害怕寄河景。

假的大藍閃蝶網站開始會出現在搜尋結果的最上面，是那之後一星期後的事情。

那個網站會在五十天期間給予指示，除了這點之外，跟正宗的大藍閃蝶毫無相似之處。

但是，那個網站立刻變得很出名。有人做了好幾個鏡像網站，許多人把那個當成話題。還開始出現「我試著服從這網站指示」的影片上傳者，發生了有人抗議這樣過於輕率，要求刪除影片的意外。包括這樣的狀況在內，我只覺得這趨勢像是個惡劣的玩笑。

但是，當有國中生服從景笑著說好像大法師的指示，在魔法陣裡刎頸時，我得知了景說的事情都是真的。

如果是這種做法，大藍閃蝶的影響力可以波及到更遠的範圍。就好像一隻小蝴蝶拍動翅膀，會導致地球另一頭颳起暴風雨一樣，大藍閃蝶逐漸蔓延開來。

*

「這下大藍閃蝶事件也會劃下句點了嗎？」

高倉對一旁的入見這麼搭話。

自稱是「管理員」，營運「大藍閃蝶」的盆上大輔遭到逮捕，是「大藍閃蝶」造成的死者超過八個人後的事。搜查實在慢了好幾步。要是能再早點查到盆上大輔就好了——高倉暗中咬牙切齒。盆上在都內擔任補習班講師，是個感覺很認真的三十五歲男性，看起來絲毫不像個有問題的人。這一點也是會慢一步逮捕他的理由。

盆上創立的「大藍閃蝶」，是對點進網站的人給予五十個課題，非常簡單明瞭的網站。完成畫面顯示的課題後，勾選在畫面邊邊的方塊打勾。打勾之後就會顯示出下個課題，進行到最後就會精神錯亂而自殺——這是網站的宣傳詞。

大部分人都沒有把這個網站當真。但有影片介紹了這個網站，還有許多人覺得好玩而分享出去，因此有極少數的大藍閃蝶的目標受眾不小心收到了這個情報。

服從大藍閃蝶的指示而死亡的八人，都是抱有某些問題的國高中生，這些少年少女們服從飲用鮮血或是在窗邊裝飾指定的魔法陣這種哥德式的指示，最後刎頸自殺。

「聽說網站事先宣揚了因為大藍閃蝶死亡的人，下輩子能夠轉生成喜歡的人喔。」

「……我想也是。讓人邁向死亡的原因，最終還是希望啊。」

入見一邊吞雲吐霧，同時小聲地這麼回答。

盆上大輔並沒有多激烈地抵抗。動機也類似愉快犯，他供稱人類因為自己的指示死亡的模樣，讓他感受到快感。

「盆上會被判什麼罪呢？」

「以妥協點來說應該是教唆自殺吧……但他教唆自殺的對象有八人，不曉得會做出怎樣的判決。說到底盆上沒有殺害任何人，他只是建立了網站而已。他好像還很細心地在看不見的地方標記『瀏覽本網站的後果請自負』呢。」

入見非常不悅地這麼說了。明明做了那麼嚴重的事，還打亂了八個人的人生，盆上卻一心只想逃避責任。在這個部分也很惡質。

「那種人沒有判他殺人就太奇怪了。」

「……我也這麼認為就是了。」

「日室先生也說過會被這種東西騙的人是笨蛋還什麼的，呃……他之前曾說會因為這種愚蠢的遊戲死掉的傢伙，不管怎樣都會死的。說到底，日室先生好像也很懷疑有人會因為大藍閃蝶死亡呢。」

「嗯，日室八成會那麼說吧。然後呢？高倉你怎麼看？」

「咦？」

「你覺得會因為大藍閃蝶而死亡的人，原本就該死嗎？」

「怎麼可能，我怎麼可能那麼想啊！」

「這個遊戲可怕的地方就在於此，讓『會死的人怎樣都會死』這種愚蠢的言論變得有說服力。該怎麼說呢，雖然只是我的直覺，但創作這個遊戲的人似乎認為這是一種淘汰，感覺真可怕呢。」

「……淘汰是嗎？」

「可是呢，這根本不是淘汰不淘汰的問題喔。人類是以多樣性進化至今的生物，這樣的生物本來就不應該找理由建立什麼被淘汰的架構。不應該篩選誰應該活著，誰應該死亡。如果要這樣挑選人，人類乾脆統統滅亡就好了。」

聽到入見用比預料中還要強烈的語調這麼說，高倉有一瞬間感到畏縮。

「啊啊，你別誤會喔。我的意思是要嘛統統滅亡，或者讓人類全部活下來。既然如此，我覺得大家都能活下來就好了。所以我饒不了大藍閃蝶的管理員，得讓他停止這種殺人遊戲才行。」

入見將手上的香菸按到菸灰缸上，同時難得地露出柔和的微笑。

「請等一下……管理員不是已經被捕了嗎？」

「不，盆上的確是『大藍閃蝶』的管理員，但那傢伙只是單純的模仿犯喔。說到底，盆上是前陣子才開始營運網站的吧。跟在攀登架上吊自殺的案件，還有跟丸井蜜子事件的時間都對不上。」

「所以說，不是正在討論那可能是被網路上的都市傳說影響，或是盆上個別找上了他們嗎？就我的判斷來看，他應該還有其他罪行喔。」

「盆上沒有領袖氣質。」

入見用斬釘截鐵的聲音這麼說了。

「那是劣化的複製品喔。而且還是原本的光芒過於強烈，被埋沒在影子裡的複製品。我還是認為有人創立了最初的大藍閃蝶。」

「……妳要怎麼做呢？搜查本部好像也準備要解散了耶。」

「那樣的話，我一個人行動就是了。而且無論有沒有其他大藍閃蝶的相關人物，大藍閃蝶都不會結束。」

「不會結束？」

「沒錯……日室刑警呢？」

入見沒有回答高倉的疑問，這麼詢問了。

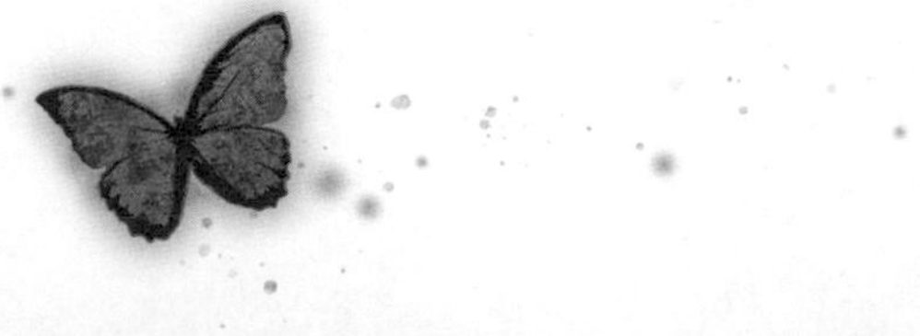

在逮捕盆上時，作為快打部隊成員之一打先鋒的就是日室。

揚言要親自解決大藍閃蝶事件的日室，那之後也精力充沛地持續搜查。自從遇到大藍閃蝶事件後，他恢復到以前的狀態，轉眼間判若兩人。周圍的人認為應該是追查的事件讓他擺脫了過去吧，也很慶幸那樣的變化。

「日室先生的話，今天也請了半天假喔。逮捕盆上明明是他夢寐以求的願望，不知他究竟是怎麼了呢？」

另一方面，日室開始經常請假。他像被什麼附身似地一心一意地工作，但在另一方面，無故曠職的情況也開始多到引人注目。

「說不定意外地是燃燒殆盡症候群呢。」

「如果是那樣就好了。」

入見看著空下來的座位，微微嘆了口氣。

日室的辦公桌整齊到是以前無法想像的地步。辦公桌的一角裝飾著與他不搭的美麗花朵。沒人澆水的那花朵，維持著美麗的模樣漸漸乾燥。

2

營運大藍閃蝶網站的人被逮捕了。

在記者的包圍下被警方帶走的是個白皙瘦弱的男性。盆上大輔，三十五歲，職業是補習班講師——電視上播放著這些情報的特效字幕，還細心地請盆上的同事和熟人上節目，發表「他看起來不像是會做那種事的人」這種常見的評論。

景被逮捕的時候，究竟會有幾百人說出同樣的話呢？

關於盆上大輔的動機也經常被提出來議論，盆上毫無顧忌地表明看到有人服從自己的指示死亡的樣子有趣得不得了，這讓他遭受到劇烈的抨擊，但他似乎根本不會為那種事情煩惱。根據憤慨激昂的時事評論員所說，他是典型的精神病態，自戀且控制欲強烈，能夠毫不遲疑地危害他人的人類。

看到那評論時，坦白說我感到不快。然後我想到景。景跟盆上不一樣，景是因為理解人心，才創立了大藍閃蝶。她現在也是邊遭受良心苛責邊為了自己的正義而戰。

但是，在這邊出現的精神病態這個概念本身，不知何故讓我脊背發涼。當然，不是具備精神病態特徵的人都會犯罪；電視上也有專家以判斷自己是精神病態、把自己當成研究對象來研究精神病質的神經科學者為例，譴責不該輕易地斷定。但是，景呢？我想起她彷彿預言者般的話語，彷彿看透未來事情一般的那些話。

被跟景創立的大藍閃蝶毫不相似的假網站吸引，最終有八個人死亡。在查出網站管理員，逮捕盆上之前，已經死了八個人。盆上的大藍閃蝶能夠輕易地跳過課題，所以玩到死亡根本不需要五十天。

我想起景曾說過的話。大藍閃蝶已經是規模擴大的共同幻想，景創立的正牌大藍閃蝶產生了說服力，給予模仿犯們力量。

即使盆上遭到逮捕，周圍的人仍舊非常關注大藍閃蝶，畢竟已經證明了有八個人因為那遊戲死亡。盆上的網站關閉後，仍不斷出現類似的網站，還有些地方以彙整的名目刊登盆上出的課題。

受到這些事物影響，在盆上被逮捕後，一名高中男生死亡了。他沒有畫什麼魔法陣。他在身體上雕刻大藍閃蝶的蝴蝶標誌，只是很簡單地跳樓自殺。他的房間甚至沒有課題清單，只有盆上被捕的新聞報導。

大藍閃蝶以最糟的型態，或者可說是以最棒的型態逐漸感染整個社會。

這一連串發展都是對景有利的事情。首先，大藍閃蝶就是那個劣質網站的看法變穩固了。也就是一般人都認為大家是受那個網站擺布，才會自殺或動用私刑。

簡直就像個體面的代罪羔羊。實際上的大藍閃蝶是景針對每個人傳送指示，指示的內容也有八成不一樣。但是，就連那個劣化大藍閃蝶都造成人死亡。

大藍閃蝶進化成光是存在就會致人於死地的病了。因為景而死亡的人數大約八十人左右，但包括這陣餘波在內的話，算起來已經死了一百個以上的人。倘若被害者照這樣以指數增長，最終會變成怎樣的情況呢？

「事情變成這樣的話，有人因為與大藍閃蝶相關而死亡這件事，會強化那個故事喔。甚至不需要指示的人，已經因為『能夠為了大藍閃蝶死亡的話，下輩子就能隨心所欲的生活』這句話而死了。」

景躺在我房間的床上，靜靜地這麼說了。

即使盆上大輔遭到逮捕，景仍然冷靜地分析著情況。夏天已結束，季節邁入秋天，景的制服也開始換成冬季制服。結果我們暑假哪裡都沒去，只是在彼此的房間加深感情而已。

我也挺習慣景在我房間一事了。剛開始還會因為開放的她率先霸占了我房間的床鋪感到困惑，真是令人懷念。

「順利的話，大藍閃蝶會變成永恆。網路上還充斥著在尋找止牌大藍閃蝶的人，也有很多人試圖創立真正的大藍閃蝶來回應那些人。」

景說到這，淺淺吐了口氣。我看著那樣的她，茫然地心想著。

這樣是否就達成了景的目的呢？

世上充滿了被大藍閃蝶擺布，隨波逐流的人。非常想要給人指示的人、與放棄思考去服從那些指示的人們，玩著永不會結束的貓捉老鼠遊戲。現在景的手邊也仍然有大約四十個真正的玩家。假如沒有新的玩家加入，那樣的話——

「這樣景就能停止大藍閃蝶了？」

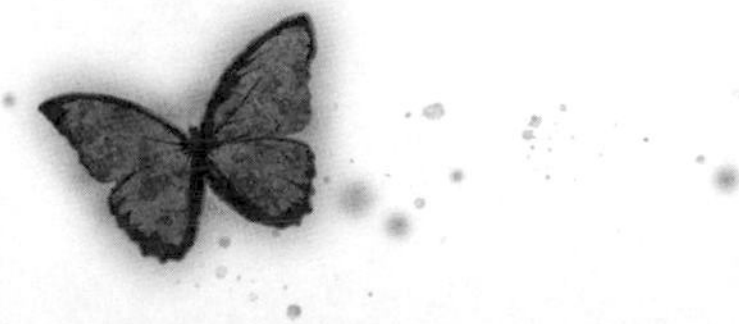

這時景有一瞬間說不出話——看起來像那樣。原本躺在床上的景緩緩爬起身。

「……說不定就跟宮嶺說的一樣。」

景的雙眼彷彿孩子似地瞠大，她像是首次察覺到這點一樣，聲音動搖起來。

「只要假的大藍閃蝶照這樣一直不斷增加，或許我可以不用再當管理員了。」

「嗯，就是說啊。那樣一來，景就可以不用再跟大藍閃蝶有牽扯了。」

「可以不用再有牽扯……」

景彷彿胡言亂語一般低喃的那句話，像作夢似地融化。

「事情會那麼順利嗎？」

「一定可以的。等大藍閃蝶變成就算沒有景也會運作的遊戲，淘汰會自然進行後，景應該就不用再感到煎熬了吧。」

景暫時斟酌著我說的話，接著忽然露出滿分的笑容。

「嗯，或許就跟宮嶺說的一樣，那樣也能出門旅行了呢。」

原本躺著的景靠近我這邊。

「到時候宮嶺想去哪裡？」

「去景想去的地方就好。不過仔細一想，我們一直都窩在這個房間裡呢……我們去真的很遠的地方吧。妳很久以前說過南極沒有日落，所以想去看看。」

「我說過那種話嗎？」

「妳說過喔。」

景非常自然地勾起我的手指，我先一步將她拉到身旁。景呵呵笑著，投入我的懷抱。

景開始理所當然地來玩的這個房間，殘留著寄河景活著的證據。我至今仍然持續剪貼大藍閃蝶被害者們的報導，也會把每天不斷更新、正牌大藍閃蝶的指示偷偷地抄寫在筆記本上。

我與景在大藍閃蝶的祕密中面對面。不知不覺間，景抓住我的雙手，俯視著我。我的模樣看起來就像被釘成標本的蝴蝶吧。

景就那樣輕輕舔我的嘴唇。

「畢竟期末考也結束了，星期天找個地方玩吧。不是去南極。」

「真的？我想去水族館，前陣子剛重新改裝的那間。」

景天真無邪地這麼說道，一臉開心地拍了拍手。

結果這天我跟景就那樣一起睡著了。在我媽回來前悄悄離開我家的景十分滑稽，景主張這是因為要向我媽打招呼時，必須裝扮整齊才行。

話說，我與景在夢中實際出門去了南極。在不會日落的陽光之下，景看似開心地追逐著企鵝。實際上只有夏天不會日落，南極的企鵝似乎也不是人類可以觸摸的生物，但畢竟是作夢，我決定這點就請景原諒我。真的是很幸福的夢。

結果我們星期天還是沒有去水族館。

因為那天我們兩人都去參加了葬禮。

3

上次看到景的喪服裝扮，是根津原亮的葬禮時了。看到景穿著正式的黑色連身裙，總覺得有一種很懷念的感覺。

死亡的是小學時的同班同學，緒野江美。是在五年二班時跟景感情很好地組成女生三人組的其中一人，現在似乎是就讀都內的女子高中。隸屬於管樂社，負責的樂器是低音管。

她的死因是自殺。她在房間裡留下遺書，表示自己並非因為有什麼難受的事情而死，然後從自家公寓的六樓跳了下來。

她的左手有著扭曲的蝴蝶形狀傷痕。

「是偽大藍閃蝶。」

聽到訃聞的瞬間，景用彷彿快消失的聲音這麼低喃。

持續擴大的偽大藍閃蝶不挑對象。不，就某種意義來說，是正確的目標選擇。因為緒野同學是會被彷彿都市傳說的那遊戲牽著走而死掉的人。

但是，這樣子是錯的。我這麼心想。

聽說是被捲進坊間流行的奇妙遊戲而死掉的——可以聽見有人這樣低喃的聲音。明明原本應該是個聰明的孩子，真難為情——疑似她親戚的人這麼說道。

景罕見地放聲大哭了。這也難怪吧，從小學生的我來看，景跟緒野同學也是感情很好的朋友。雖然似乎在升上國中後就疏遠了，但也並非就不再是朋友。

我看著緒野同學的遺照，有種奇怪的感覺。緒野同學跟我在六年級時也同班，我被根津原霸凌時，她也是視若無睹的人之一。當然，我想緒野同學不可能有辦法在那種狀況下包庇我。

只不過，久違地看到她，讓我胸口掀起漣漪。緒野同學那時也是被牽著走的人之一。

上香之後，我去迎接在房間角落被圍住的景。儘管是在葬禮現場，景還是一直被以前的同班同學包圍，只有那裡看起來像是走錯棚的同學會。

「景，妳還好嗎？」

我這麼搭話，於是景頂著被淚水弄濕的臉向周圍道歉，緩緩地靠近我身旁。景緩緩拉起我的手，離開會場。外面正好下起了雨。在進入屋簷下的影子的瞬間，景斬釘截鐵地說了：

「我不能停止大藍閃蝶。」

那聲音像是切身體會一般。

「我得繼續下去才行。」

聽到這句話，我的心情變得絕望不已。

我能夠深刻理解她那份心情。因為自己開始的遊戲導致以前的朋友死亡，所以到最後都要負起責任，完成大藍閃蝶。原來如此，這麼做很符合認真的寄河景。我也能理解。

但是，那樣的話會變成怎樣呢？

景今後也會一直繼續營運大藍閃蝶嗎？大藍閃蝶維持不下去的話，她一定會不惜創造出取代大藍閃蝶的東西，也要繼續下去。

那樣的話，不是永遠沒辦法去南極嗎？雖然很任性，但我不禁因此大受打擊。

「……嗯，既然景那麼希望的話。」

儘管如此，我還是只能這麼說。

「繼續做到底吧，我會待在景身旁的。」

「……謝謝你，宮嶺。」

景像是很安心似地這麼說道。我別無他法，既然景說想要走這條路，我就只能與景並肩同行，別無選擇。

我溫柔地撫摸景的頭，她似乎冷靜了不少，景變回平常的寄河景了。景應對著還想問她近況的同班同學們，溫柔地陪他們聊天。我像小學時那樣，從一開始就眺望著景那樣的身影。

這時，智慧型手機叮咚一聲，似乎收到了什麼通知。我打開一看，是以前的同班同學傳送過來的群組訊息。看來大家似乎是打算重新找個機會，辦一場五年二班的同學會。八成是受到景的影響，感覺像回到了小學時代吧。

彷彿根本沒發生過霸凌一樣，大家都成長了。被那件事情囚禁住的說不定只有我與景而已。看到景像那樣被眾人包圍住，感覺景也早就該忘記那件事了。

「他們問了我很多關於宮嶺的事情喔。」

我們穿著喪服，兩人一起在雨中回家時，景看來有些開心似地這麼說了。

「我說了你是我的戀人，沒關係吧。」

「我是無所謂，但景沒關係嗎？」

「怎麼這麼說？」

「因為我……不，沒什麼。」

是因為大家知道了我是景的戀人嗎？那之後也有幾個人向我搭話。我也變得能正常地聊天了。比起自卑又軟弱的那段時期，我變成好上很多的人。

「啊，對了。大家還計畫要舉辦同學會。大關華說她會傳送訊息給大家……」

「喔，那個的話，我剛才也收到了。」

「咦？你跟小華感情那麼好嗎？好到會交換ＩＤ？」

景的話似乎蘊含著不合時宜的憤怒。不知何故，她彷彿在責備我不忠貞似地瞪著我。

「……妳想想，小學時所有人都交換了ＩＤ吧？要那麼說的話，我的通訊軟體裡現在還留著與根津原的聊天室。」

「啊，對喔。是那樣沒錯呢。」

是因為明白了理由嗎？

「我好像有些著急呢，我還以為你畢業後也跟小華有交流。」

「……景意外地是個醋罈子呢。」

「因為宮嶺很少跟其他女孩有接觸對吧？就算什麼都沒有，我還是會問清楚喔！畢竟是偶然碰見的，還是其實交情不錯，又是不同的狀況……」

「會對我那麼感興趣的人，只有景而已啦。」

「要是那樣就好了。」

景在雨聲的空隙這麼說了。

但是，對我而言決定性的事情，接下來才要發生。

那晚，智慧型手機再次震動起來，是那個大關同學傳送了訊息過來。內容本身無關緊要。

『一直沒有已讀！有誰知道冰山麻那的聯絡方式嗎？』

對於這則訊息，周圍的人也回覆最近開始聯絡不上、或是從前陣子開始就音訊不通等訊息。這件事本身或許沒什麼好在意的。

但是，冰山麻那跟緒野江美一樣，和小學時代的景是好朋友。是那個三人組中的一人。

這時，不知何故，我有種不祥的預感。

所以後來去景的房間時，我若無其事地確認了平板。我啟動通訊軟體，在搜尋欄裡輸入「緒野江美」。

出現在搜尋結果的聊天室，沒有任何一句對話。

她們並不是一次也沒聊天過，畢竟聊天室本身還留著。緒野同學與景曾交談過什麼。明明如此，但景別說是自己發送的訊息，就連對方的訊息也全部刪除了。

我接著搜尋了「冰山麻那」，她在聊天室裡也沒有留下任何痕跡。

這能用偶然的巧合來解釋嗎？

我想起在緒野同學的葬禮中哭泣的景。

我並不是在懷疑景。

但回過神時，我已經調查了冰山同學的住址。我確認小學時的相簿，被一種莫名其妙的預感推動著，在地圖上調查著。要是沒搬家的話，冰山麻那還住在那間小學的學區內。

4

然後，隔天我前往她家拜訪。

這種行動力究竟是從哪裡湧現的呢？景刪除掉緒野同學與冰山同學傳給她的訊息一事，讓我覺得不太對勁。

緒野同學與冰山同學兩人都是就讀私立中學的「考生組」，所以畢業後我甚至沒當面見過她們。

這麼說來，景為什麼沒有考任何一間中學呢？我這麼想。景的成績比任何人都優秀。應該也沒有家境不寬裕的問題，而且如果是景，無論到哪都能過得很好吧。也沒有理由特地就讀公立國中。

我邊想著這些事邊前進時，到達了目的地的房子。那是平凡無奇的獨棟房屋，整理得很美觀的庭院與擦得發亮的玄關燈，隱約透露出高雅的氣質。

我按下門鈴，過了一會兒，疑似冰山同學母親的一名女性出現了。

「……哪位？麻那的朋友？」

「啊，是的……那個，我叫宮嶺望。這次要舉辦小學的同學會，但聯絡不上冰山同學。所以我代表大家來聯絡冰山同學。」

我自己也覺得這樣講很怪，就算被趕回家也不奇怪。最糟的情況下，只要冰山同學平安無事，就能達成我的目的了。

但是，眼前的女性嘆了口氣，「方便的話，請見一下麻那。」她這麼說，請我進了家裡。與其說是沒有絲毫警戒心，看來更像是注意力都放在其他事情上面。

「麻那，你朋友來了……」

冰山同學的母親站在某扇房門前，這麼搭話了。然後她看似過意不去地低喃：

「她說不定不肯開口就是了。」

「……好的，謝謝您。」

然後我跟蜷縮著身體坐在床上的冰山同學再會了。

許久不見的她完全變了個人，並非單純因為成長了吧。雖說從小學生到高中生已經過了幾年，但她的變貌實在相當驚人。

要是有人向我解釋她正在與病魔搏鬥，我說不定會信以為真。冰山同學的眼睛奇妙地凹陷下去，消瘦的臉頰上蓋著濃濃的影子。從她微微顫抖的身體可以看見難以言喻的畏懼。

「好久不見，宮嶺。」

在我開口說什麼之前，冰山同學先這麼說了。

「坐啊。」

冰山同學這麼說，同時將放在書桌前的椅子推向我這邊。我照她說的坐到椅子上後，察覺到進入這房間後，就一直隱約感受到的不協調感的真面目。

她的房間沒有與電腦、平板和智慧型手機相關的東西——沒有任何一樣電子產品。

「妳記得我？」

「怎麼可能忘記啊。」

冰山同學用嘲笑般的聲音說道，從中可以看出無法徹底掩飾住的惡意。老實說，我跟冰山同學明明幾乎沒有接觸。

「為什麼現在跑來見我？你打什麼主意？」

「我並不是想對冰山同學怎麼樣才過來的……」

「你是那樣呢。」

冰山麻那簡短地說道，瞪著我看。但是，她的雙眼看著不是我的東西。過了一會兒，冰山同學開口說道：

「但景不是那樣。」

「……難道妳是在害怕景嗎？」

那一瞬間，冰山同學將視線從我身上移開。我對那樣的她繼續提出疑問。

「妳為什麼害怕景？」

「你根本沒回答我的問題嘛，我是在問你為什麼來這裡。」

「因為緒野同學死了啊。」

聽到這件事的瞬間，冰山同學驚訝地瞠大了眼。看來她似乎真的斷絕了與外界的連繫。這時，冰山同學猛然抽動了一下身體，像是想嘔吐一般。然後呼吸變急促的她吐了幾口氣後，小聲地低喃「……果然。」

「果然是指？」

「……江美死了啊，我一直覺得她會死。」

「為什麼？妳為什麼會那麼覺得？」

「……因為跟景感情很好。」

這次換我呼吸困難了，隱約的不祥預感逐漸地蛻變成明確的形狀。冰山同學斜眼看著那樣的我，同時露出淺淺的笑容，繼續說道：

「我一直覺得總有一天會這樣，總有一天會被景殺掉吧。」

「等一下，冰山同學妳……妳覺得緒野同學是被景殺掉的嗎？」

緒野同學應該是被偽大藍閃蝶欺騙，才會死掉的。但是，假如那是謊言的話？有聲音在我內心這麼說道。倘若緒野同學並不是被偽大藍閃蝶，而是被真正的——被寄河景給殺掉的話？

「怎麼可能，景不可能殺害緒野同學。因為，她沒有動機——」

「有喔，因為我跟江美都是景的共犯嘛。」

「共犯……」

我複述那個詞彙，嘴中變得口乾舌燥。從冰山同學的話語中可以慢慢看見全貌。小學，共犯。能想到的事情只有一件。

「那是小學時發生的事情？」

冰山同學抖動了一下身體，然後咬了咬嘴唇。

那陣沉默幾乎等於肯定。不祥的預感接連命中的樣子，甚至讓我感到毛骨悚然。因為這種發展太殘酷了。從剛才開始，我的腦中就一直浮現最糟的可能性。倘若是景殺害了緒野同學，她那麼做的理由是什麼呢？

「……只是點頭也行，該不會冰山同學妳們——」

事情發展至此，我想到的可能性是她們目擊了犯罪現場，景為了封口而動手殺人。

我不曉得為什麼會挑在這種時機封口，說不定是緒野同學或冰山同學的其中一方想說溜嘴，所以景殺了她。雖然不曉得景做了什麼，但她讓緒野同學跳樓自殺了。

景一定也用某種方式在聯絡冰山同學，冰山同學感到害怕，才會像這樣斷絕和外部的關連也說不定。

「沒錯，照景說的殺害了根津原的人，就是我跟江美。」

「咦？」

對於打算繼續說下去的冰山同學，我不禁這麼插嘴了。

「照景說的……是怎麼回事？」

「就是字面的意思啊。」

「可是，殺了根津原的應該是景——」

冰山同學就那樣保持沉默，目不轉睛地注視著我。她的雙眼睜大到極限，甚至能清楚看見邊緣的充血。

「你什麼都不知道呢。」

「咦……？」

「什麼景殺了根津原呀，你根本一點都不了解景，景怎麼可能做那種事嘛。」

「啥……？」

我根本沒料到她會這麼說。

那是不可能的，景斬釘截鐵地對我說她「殺了根津原」，因為他折磨我、擾亂了班上的和平。她看起來不像在說謊。而且能夠像那樣子殺害根津原的人只有景而已，其他人不可能辦得到。

冰山同學用憐憫的眼神注視著動搖的我，她的嘴角甚至浮現出微笑。過了一會兒，她開口說道：

「不是景殺了他，是我們殺了他的。景什麼也沒做，只是讓我們殺掉他而已。」

聽到這番話的瞬間，我不禁全身發冷。

「她並不是不想弄髒自己的手喔……景啊，她就是那種人喔。被江美挖眼睛的根津原在我們面前哇哇大叫，我們兩人並肩，緩緩靠近感到害怕的根津原。景冷靜地確認了試圖逃離我們的根津原掉落下去的樣子。」

我彷彿能看見那光景。兩人腳步一致地走向感到害怕的根津原，在旁默默看著的寄河景的身影，那做法的確很像景的風格。

「沒有任何人去阻止嗎？妳們沒有試著拯救根津原嗎？」

「……真虧你能這麼說呢。那個時候的根津原很殘忍吧，你不是被搞到差點死掉嗎？」

然後，對那些行為視若無睹的是包括冰山同學在內的周圍所有人。那時對我見死不救，沒有幫我一把的是大家。明明如此，為什麼冰山同學會突然露出義憤填膺的表情呢？我立刻明白了答案，因憎恨而燃燒起來的眼眸刺向了我。

「因為景說了，根津原是本來就該死的人啊。她說根津原沒有活著的價值。那個景都這麼說了，表示根津原真的很糟糕呢。不然景才不會輕易地說什麼沒有活著的價值！」

這番話讓小學時的景在我腦海中重現。是無論對誰都很溫柔、公正無私，且被託付許多重責大任的模範生的景。

「所以我們才殺了他啊！因為景那麼說，既然景那麼說，根津原就應該死掉比較好。」

不知不覺間，冰山同學的眼裡浮現出淚水，大顆淚珠從她瞪大的眼眸中掉落下來。

我應該早就知道的。只要想想景是怎樣的人，現在又在做些什麼，就能輕易地理解。

景沒有殺人，是景殺了他。

這兩者都可以成立。因為她是寄河景，她非常清楚如何操控別人。

「你知道的吧。大家都喜歡景，想要幫上景的忙，景理所當然地利用這點，對收到的東西也會好好表達感謝，其中沒有絲毫邪念。景她……景她……」

這時冰山同學的話語斷掉了，她似乎找不到貼切的話語來說下去。

我的手顫抖起來，差點在冰山同學眼前蹲了下去。我感受到喉嚨深處有胃液的氣息，拚命地摀住嘴巴，急促的呼吸從手指縫隙間冒出。她說的事情彷彿讓至今為止的前提條件都崩潰了。因為，那樣的話，景是——

聽她說到這邊，我也能理解景為什麼讓人用原子筆刺根津原的眼睛了。有根津原亮的指紋，而且是同一間小學的人能輕易拿到的東西……井然的殺意引導出那個結果。

景是那般冷靜地在計畫犯罪。

「你無法置信？」

這時，冰山同學的表情忽然緩和下來。相對於直到剛才那張陰森駭人的表情，那笑容相當天真無邪。彷彿在聊些無關緊要的回憶一般，冰山同學就那樣開口說道：

「我知道的喔，景是個很善良的女孩……但是呀，她變奇怪了對吧，她選擇了那樣對吧。怎麼辦，是我們把景變成惡魔的。我們明明應該很清楚，那份才能往那種方向發展的話，會有什麼後果的。景就某種意義來說，是被害者喔。」

「……被害者。」

「景不會因為私利私慾而行動，景遠比我們正直許多，是個純粹的女孩啊。而且景是不會放棄的，她認為只要大家同心協力，就沒有辦不到的事情。她認為無論跟誰都能成為朋友，也非常喜歡這個世界。」

冰山同學停頓了一下後，接著說：

「所以我很怕景。我覺得景她……景她現在一定也想要殺掉我，也會實際採取行動。因為景追求的世界已經沒有我的容身之處了。噯，宮嶺。」

冰山同學小聲地呼喚我，但她接下來的話語是出乎我意料之外的話。

「景是不是已經討厭我了呢……」

「……咦？」

「我覺得景希望我死掉，她是不是已經也討厭我了呢，她明明對我說過我是特別的。我現在也在背叛景呢……」

那語調簡直就像個小孩一般。明明外表完全沒變，我卻有一種眼前的冰山同學彷彿變回小孩子一般的錯覺，她的表情就像即將被拋棄的少女表情，話語不禁從我嘴裡脫口而出。

「沒那回事。無論是冰山同學還是緒野同學，景都不可能討厭——」

「只有江美喔！因為江美死了，她死後應該獲得原諒了……景不是那種會說死人壞話的女孩。」

冰山同學用有些奇怪的理論包庇著景。

「……景啊，前陣子突然聯絡了我喔，我覺得很開心呢。但是，跟她聊過之後，我明白了。雖然不知道為什麼，但我知道景非常生氣。我知道除非死掉，否則她是不會原諒我的。要是就那樣聊下去，我一定已經死了。」

所以冰山同學才斷絕了和外界的聯繫吧。還把電子產品全部丟掉，遮斷來自景的話語。

但是，從我看來，冰山同學也已經沒救了。她的雙眼已經不是在看著我了。要不了多久，冰山同學會自己選擇死亡吧。我有那種感覺。

我拋下那樣的她，離開昏暗的房間。冰山同學的母親看似不安地向我搭話，但我只告訴她冰山同學拒絕出席同學會，便來到外面。冰山同學房間的窗簾一直緊閉著，但我總覺得冰山同學好像從那裡看著我。

我反芻著從冰山同學那裡聽到的衝擊性告白。景冷靜無比、甚至毫不遲疑地利用周圍的人殺了根津原。

但是，我依然不曉得為什麼景會殺害緒野同學，還打算殺害冰山同學。實行犯是那兩個人，她們不可能揭露祕密吧，也沒有理由特地封口。

我思考著利用偽大藍閃蝶掩人耳目來殺害緒野江美後，究竟發生了什麼事。舉辦了葬禮、與小學的同學們重逢……我不覺得景期望的是這些事情。哭泣的景、安慰她的我、景感受到強烈的責任感，在雨中……

她宣言了因為自己有責任，所以不會停止大藍閃蝶。

我認為景這樣的決定，很像認真的她會採取的行動。因為營運大藍閃蝶而那麼痛苦的景，居然會做出這樣的決定——我感到心痛不已，甚至放棄了有一天一起旅行的願望。

但是，假如前提並不是這樣呢？

景是否根本不想停止大藍閃蝶？

我說應該可以不用再營運大藍閃蝶的時候，景乍看之下像是感到開心。但是，她說不定內心其實不想那樣。她說不定根本不打算停止大藍閃蝶。

但是，她避免在我面前那麼說，因為怕我會認為她很享受營運大藍閃蝶吧。所以才準備了這麼迂迴的「故事」，只為了我一個人。

一想到這些，我不禁脊背發涼。我回想盆上大輔被逮捕時的報導，像愉快犯似地殺人的盆上，被評為精神病態。因為他殺人的理由是覺得殺人比什麼都愉快，只為了殺人而殺人，因為只把殺人當目的，所以無法控制住。

我思考到這邊，搖了搖頭。不是這樣，景不是這種人，景並不是為了自己而殺人。景的行動是失控的正義，她只是過於專注，才看不見周圍的人而已。她的行為有正當的理由。因為相信大藍閃蝶可以改變世界，景才會開始做這種事。實際上，會被大藍閃蝶欺騙的人都是些笨蛋。是死了活該、只會被牽著鼻子走的人。

……真的是這樣嗎？

我突然覺得腳站不穩，差點癱坐在地面上。噗嚕噗嚕的詭異聲響從胸口附近響起，剛才在冰山同學家裡感受到的想吐感覺又回來了。

這時，我忽然想起了她的事情。

我翻出透過景交換的聯絡方式，傳送訊息。

景才不是壞人，我需要可以證明這點的手段。就彷彿抓住蜘蛛絲求助的罪人一樣，我抱著這種心情找她出來。

5

那之後還沒過三十分鐘，善名美玖利就來到車站前了。我們進入車站附近的咖啡廳，我與她面對面。

「你的臉色好像不太好。不舒服嗎？」

善名美玖利一邊蹙起她乾淨整齊的眉毛，同時這麼詢問我。跟引起自殺騷動時簡直判若兩人，雖然比那時消瘦了一些，但至少看起來不像現在馬上會死掉。

「話說回來，好久不見了呢。應該說我真的能勝任嗎？要挑選送給景的禮物，不曉得我的意見是否能當參考。」

「沒那回事喔，景也經常提到善名同學的事……呃，所以我才想請妳幫忙給建議。」

「是這樣嗎？好開心喔……因為那時有好一陣子都在依賴景，真的是……」

善名同學說的「那時」是指那場自殺騷動吧，已經不要緊了嗎？我這麼詢問，於是善名同學有些尷尬似地移開視線。

「……但是，我不會再想要無意義地死去了。居然因為腳動不了這種理由想尋死，我真是個傻瓜呢，真的很慶幸那時景阻止了我。」

聽到這番話時，我差點哭了出來。

沒錯。景阻止了善名同學自殺。

當真沒有人心的人，不可能去拯救別人。善名同學幫忙證明了景才不是本性邪惡的壞人。我掩飾著顫抖開口說道：

「那之後沒問題嗎？」

「沒事。反倒比之前好很多喔，我之前一直覺得想死，但總算能夠振作起來了。」

「這樣子啊，太好了……」

眼前的善名同學看來很幸福，那時看起來不幸的影子已經蕩然無存。

「噯，你跟景還在交往嗎？景從那時起就很喜歡宮嶺對吧？」

「嗯，呃，但我們那時還沒有交往就是了……」

「咦？明明她老是三句不離宮嶺耶？那樣反倒更驚人啊。」

無關緊要的話題讓善名同學咯咯的笑，這時善名同學的頭髮搖晃起來，稍微露出了脖子。然後我注意到了。

在露出來的那個地方，可以看見像傷口的痕跡。傷痕一共有五條，簡直就像在算日期似地並列著。我對那種形狀的傷痕有印象。

是「課題二十六·在喜歡的地方刻畫五條線。」

不會吧——我這麼心想。不可能有那種事，就算是那樣，應該也是冒牌貨才對。因為盆上大輔的網站關閉了，那一定是從其他網站找來的東西吧。

心跳加速起來，有這麼巧合的事情嗎？我幾乎是用求助般的心情在與她面對面，但其實眼前這個女孩此刻正要邁向自殺之路？

「善名同學，可以問妳一個問題嗎？」

我這麼說的聲音簡直就像別人在講話似地響起。

「怎麼了嗎？」

「……妳知道大藍閃蝶嗎？」

善名同學沒有回答我的問題，而是靜靜地解開上衣鈕釦。輕快地解開鈕釦的她，雙眼滲出彷彿要融化般的幸福。

在善名美玖利的鎖骨下方，有著蝴蝶形狀的鮮明傷痕。

＊

從逮捕盆上大輔後經過三天，日室衛無故缺席兩天後，回到了職場。日室主張他是身體不適而無法聯絡別人，但幾乎沒人相信。眾人都露出感到詭異的眼神，「大家都很擔心你喔」只有入見悠哉地這麼向他搭話。

「喔，讓人這麼擔心了嗎？雖然也是我自作自受啦，感覺真複雜啊。」

日室苦笑著說。入見對態度似乎軟化下來的他說：

「我知道你逮捕盆上大輔時投注了驚人的熱情，你對現在的他沒有興趣嗎？」

「……就算我擅長逮捕瘋狂的殺人犯，但那傢伙為什麼瘋狂又怎麼個瘋狂法，就不是我的專長了。他已經認罪了吧？」

就如同日室說的，盆上很乾脆地承認自己的嫌疑。他反倒像是巴不得由自己來講一般，滔滔不絕地談論著關於大藍閃蝶的事情。正因如此，在入見的眼裡看來，他更像是被什麼給附身一樣。

「已經沒事了吧？山川老爹在找我啊，畢竟我休太多天了。」

日室把玩著配戴在左腰上的槍套，同時一臉尷尬地移開視線。

「最後再讓我問個問題。」

「什麼事？」

「你辦公桌上的花，是怎麼回事？」

「我不能買花嗎？」

日室只說了這句，便立刻走掉了。他離開後沒多久，換剛才在偵訊盆上的高倉走了過來。

「辛苦了，高倉。那邊情況如何？」

「還能怎麼樣，已經沒有新的資訊了呢。他只是不停在講大藍閃蝶有多麼優秀，同樣的內容我都聽過五十遍了。」

「……那也就是說，完全沒有與正牌管理員相關的情報嗎？」

「入見前輩很堅持幕後黑手另有其人的論點呢。話說就算真的有那種人，說不定也因為盆上遭到逮捕而收手了啊。」

「不，他不會罷手的。那種人的慾望沒有盡頭，不管讓幾個人自殺都不會結束。說不定就算所有人類都死掉，也無法滿足。一旦感受到那種快感，就會無止盡地持續下去。」

「真假。就算不是那樣，明明大藍閃蝶也一點都沒平息下來。」

大藍閃蝶不會結束——沒問到這句話意思的高倉，結果將切身體會到那句話的意思。

身為管理員的盆上被逮捕後，許多媒體開始報導關於大藍閃蝶的事情，大眾對於大藍閃蝶這個詞彙的認知度飛躍性地提升。

結果學不乖地彙整大藍閃蝶相關情報的網站，和模仿大藍閃蝶發出指示的網站又在一瞬間開始增加了。

當然，那些趕工製作的網站品質，比盆上大輔設立的網站要低劣許多。但網站增加、瀏覽者也增加的話，無論品質如何，被害會擴大這點都是顯而易見。

「只能一個一個刪除了嗎？」

「要立刻刪除所有網站是不可能的。就算不叫大藍閃蝶這個名字，只要說是自殺遊戲，大家也都知道是什麼了。當然，如果能抓到具備異常領袖氣質的『正牌管理員』，這種瘋狂的氛圍說不定會暫且平息下來。但是，那樣也救不了在這段期間開始玩大藍閃蝶的人。」

簡直就像瘟疫一樣——入見這麼想，無論警方刪除多少，對方都會以超越刪除速度的氣勢增加大藍閃蝶；這邊的速度愈是落後，就會有愈多人被感化並死亡。能用的辦法都已經用光了，網路部門也是馬不停蹄地在行動。

「……真是最糟糕的娛樂呢，簡直就像集體歇斯底里。」

「比集體歇斯底里更加惡質。大家都沉迷於大藍閃蝶，人類的好奇心是無法制止的，所以大家都會流向那邊……」

這時入見的話語忽然停住了。

大藍閃蝶就像瘟疫一樣，把感興趣的人捲進去，然後出現被那絲線勒死的人，就是這樣的惡性循環。因為刪除而動作慢了一步，這段期間也有新的犧牲者逐漸羽化。

那麼，為了斷絕源頭，該怎麼做才好呢？

「為什麼之前沒注意到這種事呢。對啊，不是有可以阻止這趨勢的辦法嗎？」

「阻止的辦法？」

「就是由我們來打造『大藍閃蝶』。」

6

我看著蝴蝶形狀的傷痕，只能僵硬在原地，得阻止她才行——我明明這麼想，卻不曉得該說什麼才好。沒想到偏偏是善名美玖利被偽大藍閃蝶給欺騙，我震驚到忍不住想說「那個大藍閃蝶是冒牌貨」。

明明無論如何，迎接的結局都不會改變。

「管理員說我有那個資質喔。她說我的靈魂很純淨，所以下輩子一定能過著非常美好的人生。」

善名同學用彷彿在作夢般的語調說道。那個管理員恐怕是盆上大輔的模仿犯。模彷會喚來模仿，讓大藍閃蝶擴大下去，存在於各地的蛹，彷彿要在冬天前一口氣羽化一般。

「宮嶺也知道大藍閃蝶啊。嗯，我想也是呢。但是，我的大藍閃蝶是真正的喔，只有真正的大藍閃蝶會保證下輩子。」

「善名同學，那種事很奇怪啊，因為……妳怎麼知道那是真正的呢？」

「只要聊過就會知道她是真正的管理員喔，因為截然不同。」

我們的對話根本沒有交集，只有我知道善名同學在接受命令的管理員是冒牌貨。但是，想要證明這點的話，就必須提到景的真面目。唯獨這件事我必須避開才行。

對了……景，景知道這件事的話，會怎麼想呢？光是想到這點，我就毛骨悚然。自己以前拯救過的女高中生，現在因為自己到處散播的大藍閃蝶的緣故打算尋死。景得知這件事時，能夠承受那股衝擊嗎？

……還是說她不會有絲毫感覺呢？

景說不定已經讓殺害根津原的共犯們自殺了，她在葬禮時流下的那些淚水，說不定也是謊言。猜疑心與期待同時灼燒著胸口，善名同學明明是背負我的期待於一身的存在。

善名同學完全不曉得我這樣的躊躇，天真無邪地說了：

「我沒有在那裡死亡，是為了轉生喔。」

「不對！妳沒有在那裡死亡，是因為景阻止了妳吧！」

我提到景的名字的瞬間，原本一臉陶醉的善名同學，表情扭曲了起來。是跟剛才截然不同，像個人類的表情。

「……我也認為是多虧有景。如果景沒有在那裡為了我拚上性命，我應該做了傻事喔。」

「……既然這樣，妳不覺得把景救回來的命給捨棄掉的這種行為是錯的嗎？」

「噯，我跟宮嶺在那個部分完全沒有交集呢。我並不是捨棄生命，我只是想活用這條命，來邁向下一個舞臺喔。正因為是景救回來的命，我不想讓自己後悔。現在的宮嶺可能還不明白，但想尋死而死亡，跟為了活下去而死亡完全是兩回事喔。」

儘管善名同學用好像很有道理的話勸導著我，但那只不過是詭辯而已。

「景不會那麼想。」

我斬釘截鐵地說道。

即使都到了這種時候，我仍然相信著景。說不定就連這樣的說法也很奇怪，究竟什麼是錯誤的，什麼是正確的？哪個才是真正的寄河景呢？

「我跟她說善名同學與大藍閃蝶扯上關係的話，她一定會阻止的。」

但是，景救了善名美玖利時、答應上臺演講時，她相信自己的話語能夠在拯救某人生命的方向上發揮作用，那些話應該不是謊言才對。

「那什麼呀……只要好好談，我想景一定也會理解的。」

景的名字出現的瞬間，直到剛才還露出陶醉表情的善名同學，表情黯淡下來。

「那麼，我可以告訴景這件事嗎？」

「為什麼宮嶺要跟她講這種事？這是在威脅我？」

「我不是在威脅妳，我只是覺得這件事必須告訴景才行。還是說，如果聽到景說的話，妳的決心會動搖？」

我像是在追擊態度突然改變的善名同學一般這麼說道，於是善名同學明顯地表現出不快感。

「……慢點，為什麼你要這麼在意？是為了景？……為什麼無法傳達給你呢？明明我能夠死亡，是因為景救了我呀。」

「要是妳死掉的話，景應該會很悲傷喔！」

我大聲地吼著，於是善名同學露出非常悲傷的表情。

「……我沒辦法脫離，企圖脫離大藍閃蝶的話，會被群組的人殺掉……你不知道嗎？成了話題對吧，私刑殺人。要是其他人認為我背叛了，就會淪落到那種下場。我不想連轉生都沒辦法，就只是單純死掉。原本我的地位就很低呀，沒人肯告訴我任何群組成員的住處，因為他們不信任我。」

「……去報警，去報警就行了。他們一定會幫——」

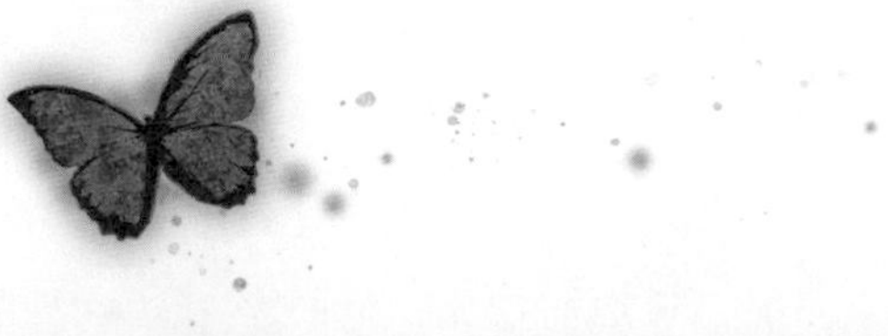

「我想獲得救贖。」

善名同學丟下這句話，快步離開現場。我看著她離去，同時久違地感到站不穩。簡直就像是我被迫站在那道圍欄對面一樣。

老實說吧。對我而言，善名美玖利是寄河景身為人類的證明本身。

我明明不想讓她死，但就憑我無法說服善名同學。能夠拯救善名美玖利的人，恐怕只有一個人而已。

7

「善名同學被捲進大藍閃蝶了。」

一進入學生會室，我就向景這麼說道。

自從我們會到彼此的房間打發時間後，幾乎不會在這裡談論這種事了。景似乎正全神貫注地在做文化祭預算的最後確認，她手上拿著厚重的文件，露出有些呆愣的表情。過了一會兒，她小聲地說了：

「善名同學她……」

「雖然不曉得是哪邊的網站，但我想她大概是看了那網站而受到影響。怎麼辦，景，得阻止她才行。」

「怎麼會……」

景的臉色轉眼間蒼白起來。跟葬禮時一樣，景的表情看起來只像是當真感到悲傷。我甚至覺得，就憑我是否根本沒辦法理解景真正的心情？儘管如此，這裡仍是分水嶺。

「……景也不想讓善名同學死掉對吧？」

「那當然啦……江美那時也是，我一直非常後悔。」

我在內心悄悄地倒抽一口氣，接下來我要對景撒一個謊。

「然後……善名同學她說今天晚上九點，想在車站前的咖啡廳聊聊。如果景沒有其他事要辦，我希望妳去見一下善名同學。」

「……嗯，我去跟善名同學聊聊，雖然不曉得我能否阻止她。」

景對我說了我想聽的話，景說不定會就這樣真的幫忙阻止善名同學。

說不定能再一次見到站在圍欄對面的景。

那一晚，我前往車站前的咖啡廳，是我騙景說善名同學會在那裡等的咖啡廳。假如景有來這裡，就表示景還有想拯救善名同學的意志。

那樣的話，我會為了欺騙景還有懷疑景的事情道歉，今後也會待在景的身旁吧。

我屏住呼吸，埋伏在咖啡廳前。

不出所料，在晚上九點前來的不是景，而是善名美玖利。

善名同學看也不看周圍地進入指定的咖啡廳，點了一杯咖啡。然後她只喝了那一杯咖啡，就立刻離開店裡了。看到實際連十五分鐘都不到的一連串過程，我的呼吸變淺了。

善名同學根本沒有約定要與景碰面，那是我撒的謊。但是，善名同學卻像我說的來到了這裡。這到底是怎麼一回事呢？

我就那樣操作起智慧型手機，打電話給景。電話立刻就接通了。

『你在測試我？』

她並非在生氣，也不是在責怪我。那語調只是單純感到疑問而已。我的謊言輕易地被識破，景是為了回敬我，才把善名同學送到這裡來的吧。

景已經毫不掩飾了。我測試她這件事，大概讓她察覺到我內心微妙的變化了吧。

這是早就知道的事情。儘管如此，我還是忍不住開口問。

「……對善名同學發出指示的，是景嗎？」

試圖讓善名同學邁向死亡的人是景嗎？

我上次確認的平板裡面，理所當然地增加了新的名字。那張清單上的人都死亡的話，景導向自殺的人數終於要超過一百人了。要是把偽大藍閃蝶和盆上大輔殺害的人也算進去，人數還要更多。

儘管如此，景還是覺得不夠嗎？

不出所料，景有些為難似地說道：

『對我失望了？』

「不會啦。」

我說出早就知道的話語。

那一瞬間，景出現在我眼前。

被燈飾照耀著的景，就像約會遲到的戀人一樣。無論是牛奶糖色的牛角扣大衣，還是搭配大衣的紅色圍巾都十分可愛。在車站前來往交錯的人們眼中，我們看起來一定像是平凡無奇的一對情侶吧。景放下貼在耳邊的智慧型手機，將手伸向我這邊。掛掉電話之後，我緊抱住她。

「緒野同學會被殺掉，是我害的呢。景想要繼續營運大藍閃蝶。明明營運大藍閃蝶已經不再是痛苦的事情，我卻說了那種話，所以景才會需要理由，需要不用停止大藍閃蝶的『故事』。」

我接續以前曾在景的房間聽過的話，這麼說道。我沒想到會以這種形式得知她的正義。

因為友人被大藍閃蝶害死，所以自己不能收手。我對景這樣的結論有同感，也表示能夠理解。在魔法解除的現在，明明能輕易知道其中根本沒有道理可言。我想起在葬禮時感受到的任性的悲傷。就算景繼續營運大藍閃蝶，明明緒野江美也不可能復活了。

景看來沒有特別動搖的樣子，她依然面露笑容，注視著我。

「都這個時候了，就全部說出來吧。宮嶺知道多少？」

「……妳說群組有自淨作用也是騙人的吧。」

我說出內心想了很久的事情。反正就算推理錯誤，我也沒什麼好失去的了。既然如此，我想知道正確的全貌。

「我原本就在想了。讓群組互相監視這種事，風險是否太高了點。要是讓群組成員共有個人情報、或是讓玩家之間互相聯絡的話，大藍閃蝶的效果說不定會變弱。我一直覺得那種不穩定的系統至今居然沒有出問題，實在很不可思議。」

景依然什麼也沒說，只是目不轉睛地注視著我。

「但是，群組互相進行監視，倘若有人背離群組，就會有群組成員去殺掉叛徒——這樣確實能成為抑止力。雖然風險很高，但十分有效。因為丸井蜜子同學的事情被大規模報導，玩家應該也相信真的有肅清這回事。要選擇迴避風險，或者選擇強烈的抑止力呢？但是，有一個方法可以不管這個風險，來行使抑止力。」

其實我應該要更早注意到這點也說不定，只是我處於無法這樣推測的立場。

「只有景在指示肅清就行了，實際上沒有什麼自淨作用也無妨。只要景挑選一個好像會背離的人，命令其他玩家殺害那個人就行了，也不用讓他們互相監視，只要玩家本身深信自己遭到監視就行了。」

善名同學相信只要想脫離遊戲，就會被群組成員殺害。但是，她本身因為地位很低這個理由，完全沒人告訴她群組成員的個人情報。

但會不會其實根本沒人知道其他人的個人情報呢？玩家是否深信群組裡面只有自己不曉得其他人的個人情報，是單方面被肅清的一方呢？愈是深入思考，就愈覺得只可能是這樣。

「我之前沒辦法想到這些，是因為我無法想像景——會命令別人去殺人。但是，只有這種可能性了……自淨作用也是謊言？是景叫他們殺掉丸井同學等人的？」

「對呀，也不能讓逃離大藍閃蝶的人活著。」

景已經毫不掩飾，我也是一樣，從現在起只不過是單純的確認作業罷了。

我已經知道了，我想起在新聞上看到的話語。盆上大輔符合的精神病態的特徵，景才適合穿上那隻玻璃鞋。我直到沒多久前還盲目相信的那個景，已經不存在任何地方了。

站在那裡的只是個缺乏對他人的共鳴、能夠若無其事地蹂躪別人的可怕人類。我錯看了她，甚至無法阻止許多人在眼前逐漸遭到殺害。然後我到達的場所就是這裡。

話說回來，寄河景實在很美麗。車站前的燈飾閃爍著非日常的光芒，那光芒替景的輪廓鑲上一層神聖的金邊。世界替景辯護，看起來甚至像在主張她本性善良。

要是她能再稍微醜陋一點就好了——我認真地這麼想，真希望殺人犯別露出那麼美麗的笑容，要是她的外表也能與她怪異的內在成正比地可怕就好了。

「景大概不是個善良的人呢。」

「是呀，我一定是怪物。」

過了一會兒，景像在歌唱似地說道，她的聲音莫名地平靜。

「我喜歡大藍閃蝶。借用某個遊戲設計師說的話，要設計有趣的遊戲，需要的是將快樂結構化，只不過我跟大家的快樂好像不一樣。」

景始終很平穩地說道。有人喜歡星期一，也有人喜歡星期日——景用跟這些話同樣的音調，將自己的慾望放在正常的延續上。

「真的是因為根津原同學的事情才獲得這種構思喔。我也真的認為會因為大藍閃蝶死亡的人沒有活著的價值，光是打掃社會，就能讓我的樂趣也得到滿足。你說得對，營運大藍閃蝶讓我覺得很開心。」

「……為什麼——」

我不禁這麼脫口而出。即使都到了這種時候，我仍試圖想理解景。我還在想她或許有什麼理由，我一直希望景是有什麼理由才會變成這樣的。但是，景彷彿要推開這樣的我一般，開口說道：

「對不起喔，根本沒什麼理由。我的父母都是好人，也好好地養育了我。周圍的人也都很善良，我沒有悲慘的家庭環境，也沒有被霸凌的經驗。我一直都很幸福。」

這時，景像是在安撫年幼的小孩一般，輕輕撫摸了我。她順勢在我耳邊低喃。

「趁那個小女孩去上廁所的時候，把風箏藏起來的是我喔。」

那一瞬間，我得知了景當真是我無法理解的存在。

我難以置信那樣的人居然透過大藍閃蝶與各種人相連著，大藍閃蝶的開端明明應該是源自於對想尋死的少女的共鳴，景從一開始就與世界斷絕來往。

我一邊將怪物藏匿在手臂中，同時假裝我們只是普通的情侶。

「……我不是正義的同伴，因為我是景的英雄。」

我像在確認似地這麼說出口，景微微地點了點頭。

我是在這時下定決心要燒毀大藍閃蝶的，我悄悄地邁步走向最毀滅性的結局。

*

「我們從一開始就架設反制網站就好了啊。」

入見的行動非常迅速，她召集所有正閒著的人，這麼說明。

「入見前輩，反制網站是什麼啊？」

「簡單來說，我們接下來要進行的是一種干擾搜尋的行為。為了誘導搜尋『大藍閃蝶』的人，我們要架設另一個網站。搜尋大藍閃蝶的人頂多只會去看前十個搜尋結果，我們的網站不會被刪除，所以搜尋欄遲早會被我們的反制網站給填滿。」

入見邊在螢幕上展示實際的搜尋畫面，邊這麼說。

「大藍閃蝶的可怕之處，在於多次發出指示來剝奪人的思考能力這點。例如刻意削減睡眠時間、或是讓人喪失自信。我們打造的反制大藍閃蝶網站，不會發送那些危險的指示，而且要打造出煞有其事的偽大藍閃蝶。」

入見列舉了要刊登在反制大藍閃蝶網站上的指示，無論哪個指示都是彷彿田園曲般的內容。

「這種東西真的有效嗎？」

「對方也認為他們那樣能夠改變世界啊，我們相信這麼做有效也無妨吧。」

入見這麼說，熟悉網路的人立刻動手製作反制網站。眾人收集流傳在網路上的「大藍閃蝶」圖片，採用一般人相信最像那麼一回事的圖片，打造以假亂真的大藍閃蝶。

映照在畫面上的大藍閃蝶，從入見眼裡看來，也是相當別緻的東西。

入見想著，以蝴蝶為主題，轉生到其他世界確實有一種遵循教義的感覺，但說到底，這個主題的根本究竟是來自何處呢？

就在這個時候，應當勤奮地在製作反制網站的高倉慌張地前來了。

「入見前輩，可以打擾一下嗎？」

「怎麼了？」

「其實有一位母親來控訴他兒子也是因為大藍閃蝶而自殺的……她聽說盆上大輔被逮捕，希望可以趁這個機會重新進行調查。但是，那起自殺也不是在黎明時分發生的，老實說我不覺得跟大藍閃蝶有關係。不過，那起事件不僅有令人費解的地方，死者母親也怎樣都不肯退讓。」

「……高倉，可以讓我看看那起事件的概要嗎？」

「好的。」

一接過資料，入見立刻大略瀏覽曾就讀於廣大東小學的男學生根津原亮自殺的概要。看來沒有任何問題的開朗男學生跳樓自殺，左眼刺了枝原子筆，沒留下遺書。只挑出這些要素來看的話，感覺要與大藍閃蝶扯上關連很困難。

說到底，根津原亮的死亡比一般認為大藍閃蝶開始動起來的時期要早太多了。硬要說的話，或許只有刺在左眼的原子筆可以說是大藍閃蝶要素。以小學生來說實在過於異常的自殘，和大藍閃蝶的指示有共通之處。但是，要將這兩件事連結起來，時間的確間隔太長了。

「怎麼樣呢？入見小姐，我是覺得跟大藍閃蝶沒有關係……」

「的確，感覺這根本是兩回事……」

「然後，那個……根津原亮的母親說她也對兇手是誰心裡有底喔，聽說根津原亮其實在小學時霸凌過別人，因為是不想聲張出去的事情，到目前為止都沒有明朗化的樣子……聽說那時被霸凌的少年就是大藍閃蝶的主謀。」

「這邏輯也跳躍得太厲害了，那是不可能的吧。」

「我原本也這麼認為……但那個根津原當時經營的部落格，現在還留著喔。」

高倉這麼說，點開那個部落格的網址，入見將顯示出來的部落格標題直接念出來。

「『蝴蝶圖鑑』。」

被點開的網頁上，有一整排某人的手部照片。

8

無論如何，或許都已經到了時候。

就在我下定決心要讓大藍閃蝶結束後沒多久，警方也開始有引人注目的行動。搜尋大藍閃蝶時，第一個會出現的網站改變了。

之前的搜尋結果第一名是盆上的網站，自從盆上的網站消失後，有各種網站輪流接下那個位置，但這次出現的網站明顯地是有人刻意操作。

那個網站只論設計的話，比盆上大輔的網站還要講究。假如景架設網站的話，應該就會設計成這種感覺吧。

但是，那個網站傳送過來的指示都是些愚蠢可笑的內容。像是「向身邊的人表達感謝」或是「試著吃一年以上沒吃的食物」這種無聊的內容，跟至今為止的大藍閃蝶的模仿犯明顯不同。

這麼做的效果很明顯。純粹因為感興趣而搜尋大藍閃蝶的人看到這個網站的話，會因為指示太過愚蠢而稍微冷靜下來。大藍閃蝶意圖引起的是集體歇斯底里，和集體幻想。實際上有人因此死亡，正因為有這種確切的實際成果，死後的聖域和理想的轉生這些故事，才產生了根據。

相反地，一直纏人地留在搜尋畫面頂端的這些網站，等於對那樣的歇斯底里潑了一盆冷水。尋求讓自己邁向死亡的契機的人，看到這些網站說不定會大失所望，或是將之當成笑話。

光是這樣，大藍閃蝶的價值就大幅跌落了。

「我想這大概是警方製作的網站。」

最先注意到這件事的也是景。每當有人製作出假的大藍閃蝶網站，要不了多久就會消失，在這種狀況下，不知何故只有這些網站不會消失，一直留了下來。就某種意義來說，只有這些網站是特別的。

「他們居然想了這麼麻煩的方法，雖然的確很有效就是了。」

平常一進入自己房間就立刻躺到床上的景，難得地維持坐著的姿勢，這麼說了。

「這要怎麼處理？」

「我的故事——大藍閃蝶是不會輸的。」

景用冷靜的聲音這麼低喃。那聲音與其說感到悲觀，不如說好像覺得挺無聊的。

從那一晚起，景的話就變少了。我還是用一如往常的態度與景相處，景表面上也沒有改變態度。縱然聽到了衝擊性的告白，我還是喜歡著景。

無論景做了多少天理不容的事情，我的立場也不會改變。無法討厭殺人犯的人該怎麼做才好？我事不關己似地這麼想著。

我坐到景的身旁，於是景跟之前一樣將頭靠向我肩上。那股重量現在也依然惹人憐愛。

「景。」

「……怎麼了嗎？」

可以聽出景的聲音有一點緊張，可以知道她靜靜地牽制著我會說出什麼。我像在安撫那樣的景一般，溫柔地撫摸她的臉頰。

「我啊，想到了想跟景一起去的地方，不是南極或水族館就是了。」

「想去的地方？」

「對。但是，得半夜出門才行，所以可能的話，應該挑景的父母不在時比較好吧。」

「例如星期五？隔天不用上學，我爸也去出差，我媽也說了想去探望奶奶，只要能讓我媽去探望，或許可以挑那一天。」

「那麼，就那天吧。」

景點頭同意，我們像普通的情侶一樣約定約會的日程。景跟以前沒兩樣地將身體貼近我，我撫摸著那樣的景，溫柔地吻上她。景在我的身旁毫無戒心地入睡。

如果景對於傷害某人一事不會感受到任何痛苦，她為什麼要將我放在身旁呢？雖然以前曾相信的謊言直接成了需要我的理由，但真正的景就算在黑暗的道路上，一定也能四平八穩地前進。

我撫摸著睡著的景的頭髮，同時撿起一旁的平板。然後我輸入了幾個搜尋關鍵字，點開要找的網站。

那裡是因為令人費解的事件失去自己兒子的女性——根津原亮的母親在徵求人提供情報的網站。

在葬禮時嚴重失去理智的根津原亮的母親，似乎至今仍無法接受兒子的死亡。我從很早以前就知道這個網站的存在了，簡單到幾乎跟部落格差不多，只有留言表單與記載著自己兒子死亡的疑點。

我稍微煩惱了一下該怎麼開頭後，點開了留言表單。我直接將自己曾是根津原亮的同班同學、自己知道殺害根津原亮的人是誰，還有就連動機也寫出來了。

附上網址時，我久違地點開了「蝴蝶圖鑑」。那裡有比現在還要弱小且靠不住的自己的手，疼痛的記憶鮮明強烈地復甦，我變得無法呼吸。我暫時眺望著那景象，然後按下了送出鍵。

如果這樣能讓根津原亮的母親跑去報警就好，恐怕警方一開始不會理會她吧，但那樣就行了。

我看向比那時變大許多的手，看著倘若當時已經死掉，就看不到的形狀。

＊

宮嶺望——這是根津原順子指證的兇手。他是就讀塔之峰高中的高中生，塔之峰高中在這一帶也是數一數二的升學學校，是因為隸屬於學生會嗎？塔之峰高中的網頁刊登著他的大頭照。

儘管看起來有些不太健康，但宮嶺望有張漂亮的臉蛋。只不過，正因為如此，入見感覺他曾遭到霸凌一事莫名地有說服力。這種類型的人容易樹大招風，也會遭人嫉妒。倘若他的個性無法巧妙地迴避這些敵意，那將會直接導致他被孤立。

雖然不是不懂根津原順子的主張，但幾乎都是牽強附會。

根津原亮一直固執地霸凌宮嶺望，就為了羞辱他，還開設「蝴蝶圖鑑」這個部落格，張貼他的照片。難以承受這些行為的宮嶺望殺害了根津原亮，但卻被當成自殺。然後宮嶺現在為了報復蝴蝶圖鑑，以蝴蝶為主題，主宰著自殺遊戲。

照常理來想，實在不覺得那起事件與大藍閃蝶有關連。說到底，甚至無法確定是否真的是宮嶺望殺了根津原亮。

但是，總覺得哪裡不對勁。

宮嶺望刊登在塔之峰高中的網頁上的照片，可能是在某個活動當中拍的，可以看到他在講臺上設置麥克風的身影。他的旁邊有一名少女，是因為五官挺立且美麗動人嗎？光是看到一眼，就讓人想起過去的記憶。

是作為學校代表，在人權集會上發表演講的模範生。

寄河景就在那裡。

大約半年前，入見與高倉作為警方代表參加了人權集會的活動。那是高中生會針對當時的問題發表演講的活動，今年的主題是如何防止高中生自殺，少女在那裡發表了令人感動的演講。

「寄河景……」

因為是個不可思議的名字，入見記得很清楚。她的聲音在廣大的會場內也宏亮地回響著，雖然年紀輕輕，但她的領袖氣質震撼了全場。美麗的肢體與端正的容貌，還有宛如歌聲般的次女高音。

這樣說毫無根據。但入見感到很不可思議。假如少女是大藍閃蝶的管理員，那樣的確符合印象，入見能夠想像少女將那耀眼的光輝變成火焰，把靠近身邊的人都燃燒殆盡的模樣。

聽起來很愚蠢嗎？但感覺這件事至少有一聽的價值，而且入見也感興趣。她想實際與這個寄河景聊聊，入見的內心湧現了無庸置疑的好奇心。

「高倉，可以幫忙把日室也叫來嗎？」

「日室先生嗎？」

「對。他到剛才都還在吧？逮捕了盆上大輔的也是日室，這次也是跟日室說一聲比較好。」

但是，卻沒看到日室的身影，顯示所在處的白板上也沒有紀錄，他似乎消失在半空中了。

「……是直接回家了嗎？有人聽說什麼嗎？」

「我沒聽說那種事。原本星期五就因為還要值夜班，人手不足啊。他又無故曠職了嗎？」

入見難得有些氣憤似地這麼說道。

這時，她看向日室的辦公桌。辦公桌上裝飾著感覺不是他的興趣的花，沒什麼特別奇怪的痕跡，收拾得很整齊。從以前的他來看，這是令人無法想像的變化。

入見緩緩靠近日室的辦公桌，毫不遲疑地打開抽屜。然後她倒抽一口氣。

日室衛的辦公桌裡什麼都沒有，無論抽屜裡還是側桌櫃裡都空無一物，彷彿他工作的痕跡都消失無蹤了一樣。

「高倉，去找日室吧。」

入見無法抑制不祥的預感，靜靜地說道。

「照這樣下去，事情會變得很不妙。」

9

就這樣迎向了星期五，我站在沒有任何人在的景家前。

我想觀測星空——我這麼說，景坦率地點頭同意了。今天的天氣不錯，挺適合觀測冬天的星空，我們約好晚上九點在那個自然公園碰面。

距離跟景約定的時間只剩五分鐘。無論怎麼趕路，都已經來不及準時到自然公園了吧。我抬頭仰望夜空，儘管數量很少，但也能確實地看見星星。景是否已經到達公園，在那裡等著我呢？

我姑且還是蘊含著確認的意思，按下了門鈴，即使等了幾秒，也沒有人出來應門。

我拿出至今一次也沒用過的備份鑰匙打開大門，於是一如往常整齊乾淨的景家迎接著我。我穿著鞋子直接踏入屋裡，轉了一圈環顧周圍。相框變得更多了。我一邊被從小時候到現在的寄河景注視著，一邊從背包裡拿出裝在寶特瓶裡的燈油。

在廚房旁邊，堆著三座正適合用來點火的舊報紙山。我將燈油灑在看來就很易燃的那些舊報紙上，剩餘的燈油灑在客廳裡。第二瓶寶特瓶用來拉引導線到景的房間，我打開已經非常熟悉的房門。

一進入景的房間，就有種懷念的感覺。第一次造訪這裡時，根本沒想像到會變成現在這樣。無論是構成現在的景的書架、她使用的粉紅色筆電、還是拿來當椅子的床鋪，明明都跟以前沒兩樣。

我淺淺吐了口氣，同時打開第三瓶寶特瓶。就在這時候——

「喂。」

我轉頭一看，只見一個大塊頭的男人站在那裡。有一把年紀的男人用充血的眼睛瞪著我看。

「你是宮嶺望吧。」

他怎麼知道我的名字——比起這種心情，恐怖更先一步湧現出來。因為在眼前的男人身上完全感受不到所謂的理性，彷彿隨時會撲過來的那男人手上，握著閃著黑色光澤的手槍。在這個國家能持有手槍的人並不多。

這時，我忽然想起了「肅清」的事。

如果要暗中下令肅清，景會讓怎樣的人去做那種事呢？她肯定會選擇最適合那類工作、而且感覺不會失手的人。精通某種程度的暴力，感覺不會露出馬腳的人。就這層意義來說，眼前的男人正像是景會挑選的人才。啊啊……我發出嘆息。

那一瞬間，有一種自己的身體浮到半空中的感覺。內臟被推擠上來的疼痛與地板的冰冷一起襲向了我，我總算明白自己是狠狠地被揍了。我倒在地板上咳嗽喘氣時，就那樣被當成行李一般抱了起來。我無法擺脫被體格比自己壯碩許多的人毆打的衝擊，甚至沒有力氣去抵抗。我就那樣跟行李一起被丟進停在景家前面的車子行李廂裡，裡面非常雜亂，每當我一動就會撞上其他東西。

這時機實在是太不湊巧了——我不服輸地這麼想著。

這個國家唯一能大剌剌地持有槍的人——警察——毆打我的男人肯定是警察。只不過，我對他的眼神有印象。那是木村民雄眼中、冰山麻那眼中、宮嶺望眼中都有的混濁光芒……景甚至得到了這樣的人才嗎?真的是敵不過她。

我在車子左搖右晃中想著她的事，雖然不曉得會被帶到哪裡，但至少我今晚的目的就這樣告吹了。真的是太大意了。我真是個蠢蛋。

明明還差一點，說不定就能拯救景了。

10

我被帶到了塔之峰高中。男人抱著我從後門進入，就那樣爬上太平梯。被人抱著爬上樓梯的無助感讓我毛骨悚然，同時我只能任憑擺布。

塔之峰高中的樓頂有代替倉庫用的屋突。男人把我放下來後，讓我滾入那個屋突，就那樣丟下我不管。我立刻試圖離開那裡，但屋突的門用類似繩子的東西打了結，我打不開。

我就那樣屏住呼吸彷彿過了幾個小時，大門忽然發出卡嚓卡嚓的刺耳聲響敞開了。

不出所料，寄河景就站在那裡。

「……景。」

「我有照約定去了自然公園喔。」

「那個人是誰？」

「是大藍閃蝶的玩家喔。我並沒有拜託他，但他一臉開心地跟我說他把你帶來了，我也不能置之不理。」

景似乎不打算告訴我更多事，她冷淡地說道。然後接著這麼說了：

「噯，你真的把『蝴蝶圖鑑』的事情告訴根津原的媽媽了嗎？警方已經把那個與大藍閃蝶連結起來了。照這樣下去，說不定會查到我們喔。」

這個情報恐怕是剛才那個警官向景告密的吧。

在警方內部得知那個情報的男人，向景報告之後，一直在注意我的行動吧。然後他也清楚地看到我進入景家，在我點火之前逮住了我，我就這樣愚蠢地被帶來景身邊。

「真的喔，是我放出去的消息。」

「我難以置信呢。」

景當真感到不可思議似地這麼說。她的表情充滿困惑且僵硬，都到了這種時候，景在某種意義上還是信任著我。我像要回應她似地說道：

「……我不會背叛景的。」

「你討厭我了嗎？」

是一如往常的問題。我沒有回答，而是開口說道：

「我站在景這邊喔。」

「是嗎？」

在我說些什麼之前，景先打開了門。雖然早就透過流洩出來的光芒得知了，但外面已經完全變成早晨。

這是世界最美麗、人類最容易呼吸的時間的天空。大藍閃蝶主張解放的時間。

「……雖然宮嶺那麼說了，但我還沒有放棄喔。」

「……什麼意思？」

「我覺得傷口總有一天會痊癒。」

景邊說邊拉起我的手，催促我到外面。當我站到朝霞照耀的樓頂上的瞬間，發現圍欄前面有個人影。

善名美玖利就在那裡。

比之前看到時更加死氣沉沉的她，用昏暗的眼神眺望著朝霞。膚色慘白的手頻頻撫摸著鎖骨下方。應該是蝴蝶所在的位置。

「善名同學她呀，原本是被盆上大輔的網站欺騙了喔。所以我將她拉了回來，既然是因為我說的話而活下來的人，就必須由我殺掉才行。」

剛揭開序幕的新的一天，早晨的清爽空氣流了進來。景的秀髮隨風搖曳，她忽然開口說道：

「噯，要不要賭一把？」

「咦？」

「我接下來想試著阻止善名同學自殺。噯，結果會怎麼樣呢？假如善名同學沒有跳下去，就是宮嶺贏。我會收手不再碰大藍閃蝶，要我到該去的地方接受制裁也行。因為那表示宮嶺喜歡上的寄河景戰勝了大藍閃蝶，但是，假如她不聽我說的話，就是我贏了。」

「如果景賭贏了，我該做什麼才好？」

「無論有什麼後果，都要跟我在一起。」

景像是祈禱似地低喃。

「妳為什麼這麼——」

執著於我呢？我本來想接著這麼說的。應當與共鳴無緣的景，為什麼只對我像這樣有特別待遇呢？但是景沒有回答，而是輕輕撫摸我的右眼皮，她縱向撫過我柔軟的皮膚。那是她以前曾受傷的位置。

「那我過去嘍。」

景輕盈地跳出屋突倉庫，緩緩地走向圍欄那邊。景繃緊的側臉專心地注視著善名同學。善名同學依舊抓著圍欄，只是眺望著天上的朝霞。

「善名同學。」

在景呼喚那個背影的瞬間，善名同學猛然轉過頭來。

「景……是景吧？景來看我了對吧？」

善名美玖利直到剛才還空洞無神的雙眼，慢慢恢復了光芒。那正好就像劃破夜晚的朝霞一般。腳步突然變穩固的她，朝這邊走近了兩、三步。

「景……！」

善名同學用迫切的聲音呼喚景的名字。

「……怎麼辦，我呀，原本是打算一死的，我應該就這樣從這裡跳下去才對。但是，一看到景，我就變得不想死了。怎麼辦，我好怕死掉。明明也害怕活著，卻想要活下來了。」

「善名同學，我呀——」

我一直在等景說些什麼。但無論我等多久，景的口中都沒有發出具備意義的話語。

取而代之的是與她不相稱、似乎很痛苦的呻吟聲。

有一瞬間，我不曉得發生了什麼事。朝霞的光芒變得更亮，更加強烈地照耀著兩人的身影。配合著那光芒，與眼淚類似的東西從景的腹部滴答滴答地掉落。

「對不起喔，景，對不起。」

善名同學用哭聲這麼說道，景也跟著緩緩看向自己的腹部。

細長的工藝刀深深地刺進那裡，鮮血沿著黑色握柄滴答滴答地流出。

景像是難以置信似地摀住了嘴，於是善名同學毫不留情地拔出工藝刀，再一次刺向景的腹部。景發出呻吟，鮮血溢出。善名同學又重複一次同樣的行動。

「……對不起喔，對不起喔。要是景在的話，我就會想活下去啊，就會還想在這個世界活下去。所以，真的很對不起。妳明明救了我好幾次，就算這樣，我還是得走了。」

刺了景三次之後，善名同學扔掉工藝刀這麼說。細長的工藝刀被景的血染成鮮紅色，看起來幾乎就像是影子。善名同學沒有回頭看跪倒在地上的景，向前邁出步伐。然後彷彿那一天倒轉般，她跨越圍欄後，毫不遲疑地跳下去了。

在低沉的聲響遲了些響起的同時，我飛奔而出。景拚命按住被刺中的部分想止血，但景的周圍逐漸因為自己製造出的血泊慢慢地濕透。

就在我試圖碰觸景背後的瞬間，景的喉嚨「噫」了一聲。然後景就那樣猛然笑了起來。一開始是有些僵硬的笑聲，但笑聲逐漸變大，尖銳地響徹周圍。景獨特的次女高音在水泥地上彈起並回響。每笑一聲，鮮血就從景的傷口滴答滴答地流漏出來。

「景！景……」

我立刻壓住她的身體，但景的笑聲仍不停止。沒多久後她的呼吸變得虛弱無力，開始無法忽視身體的顫抖時，她停止大笑，小聲地說道：

「果然是這樣嗎？」

景是以什麼意思說了這句話呢？她的聲音聽起來像是因獲勝感到驕傲，也像是已經放棄了一切。我不曉得這是在自嘲就憑寄河景的話語根本無法阻止自殺嗎？或者在誇耀大藍閃蝶的魔力是貨真價實的呢？

我知道的事情根本沒什麼了不起。我只知道照這樣下去，寄河景肯定會死亡這個單純的事實。

「景，妳振作點！景！去找可以止血的東西吧，抓住我。」

從剛才那句話後就一直陷入沉默的景，老實地順從我的指示。構圖的重複方式與狀況的差異讓我感到戰慄。我背上的景腹部因鮮血濕透，從背起她的瞬間就滲入我的背後。

景的身體還是一樣輕。明明如此，她的身體卻彷彿全身淋濕了一樣，讓我有一種被纏住的感覺。

我一次也沒去看掉落下去的善名同學，就那樣背著景離開樓頂。

我前往學生會室是因為景在那裡放了膝上毯。怕冷的景不管是春天還夏天，都會使用她愛用的膝上毯。我讓景靠在牆壁上，用膝上毯蓋住傷口。看不見傷口之後，景蒼白的臉色更顯得引人注目。膝上毯本身也穩定地開始染成紅色。

「景，妳還好嗎？痛嗎？難受嗎？」

景沒有回答我的問題，像是胡言亂語似地說道：

「……大藍閃蝶是……完美無缺的，我沒有弄錯，我……」

景用沙啞的聲音斷斷續續地這麼說了。在我耳邊低喃的那聲音虛弱無力，正好跟在很久以前的記憶當中，被我背著的女孩的聲音十分相似。

「……不要緊的。我明白。景，沒事的。」

我握著景的手，沾到手上的血液已經開始凝固了。

「景，抱歉，借我手機……我……我得叫救護車才行。」

我邊這麼說邊翻找景的口袋，套著粉紅色手機殼、感覺很熟悉的手機和一些雜物一起掉出來了。

這時我的手停住了。明明照這樣下去景會死掉，我卻想像著之後的事情。我思考這麼做的話，今後將會發生什麼事。

景毫不介意停下來的我，仍然繼續低喃著。

「我……從宮嶺受傷時開始……我內心就有一直不會消失的火焰……假如……我是個……普通女孩子的話——」

聽到這番話的瞬間，一直忍耐著的東西溢出來了。我的視野不爭氣地扭曲起來，發出嗚咽。

在今天早上的新聞中，據說被偽大藍閃蝶欺騙而死亡的人已經超過三十人。在每天更新的清單上，那之後死了幾個人呢？就算單純地去計算也將近一百五十人，倘若把因為肅清而悄悄死掉的人也算進去，應該還會創新紀錄才對。

寄河景是大量殺人犯。

在世人眼中，或許她是個無藥可救的壞人，根本不懂別人的心情。

儘管如此，景仍然拯救了我，拯救了孤獨的我。稱呼我為英雄，喜歡著我。

我應該早就知道的。無論殺害多少人、就算已經不是對誰都很溫柔的景，我還是喜歡景。

只要景待在那裡就會覺得很幸福，無論發生什麼事我都想站在景這邊。無論是畏懼、憐愛或恐怖，我一直以來將各種感情都獻給了她。與景相遇之後，我的人生都獻給了這個美麗又可怕、溫柔又殘酷的少女。變得幾乎無法呼吸的我開口說道：

「我喜歡景喔。」

這時，有某個東西碰到我的膝蓋。是剛才拿出手機時滾落的東西吧。撿起「那個」的瞬間，我倒抽了一口氣。

有一種自己至今看到的世界被重新塗改的感覺，到目前為止的回憶彷彿走馬燈一般復甦，我被拉回那時的教室。

然後我關掉了手機的電源，我把手機跟撿起來的東西一起收到口袋裡，靜靜地向景搭話。

「景……我不會叫救護車。」

我不曉得景是否正確地理解了那句話，景逐漸對不上焦點的雙眼勉強看著我。

「沒事的……我不會讓任何人傷害景喔。景……景或許是個壞人，或許是個怪物，雖然妳大概會下地獄，但就算那樣，我還是會保護妳。」

「好暗，開燈吧，宮嶺。」

學生會室一點都不暗。在朝霞光芒照耀之下，甚至有些刺眼。直到剛才還幫忙遮掩住現實的膝上毯染滿鮮血，景的手抓著半空中。我溫柔地拉起她的手，於是景再一次低喃。

「……我怕黑呀，救救我。」

「沒事的，我會一直站在景這邊喔。」

「宮嶺，我好怕。」

「景感到害怕或是難受時，我一定會陪在妳身旁。妳什麼都不用害怕喔。」

「……宮嶺——」

「因為我是景的英雄。」

這時，一直抓著的景的手失去力氣。彷彿想說什麼而張開的嘴停了下來，頭部緩緩地垂落。

景一直誤會了。

我並不是因為討厭起景，才去報警的。

在閃爍著的美麗燈飾前，我已經理解了景是真正的怪物。是個就算傷害人，也沒有任何感覺的人。景的殺意永無止境，也永遠不會滿足。景絕對不會停止危害某人的行為。我理解了這點。所以為了不讓那樣的景破滅，我想至少我要拯救她，就只是這樣罷了。

扣除掉滿身鮮血一事，景幾乎就像睡著一樣。感覺意志很堅強的褐色眼眸緊閉起來，她的表情看起來天真無邪。

我解開行李，拿出裝在寶特瓶裡的最後一瓶燈油。然後灑到景持有的手機和平板上，我順勢將燈油也灑向周圍一帶。然後我在附近的紙堆上點火後，背著景的遺體來到走廊上。

我爬上樓梯，再一次來到樓頂。是探測到火災了嗎？尖銳的警笛聲開始響起。再過一會兒就會有消防車和警察過來學校了吧。

我將被丟在樓頂的工藝刀收進懷裡，與景的屍體一同眺望著朝霞。這時有人飛奔衝進了樓頂。

是叫做日室的刑警。他恐怕是得知學生會室起火，而來探查情況的吧。他的雙眼驚愕地瞪大。我對那樣的他靜靜地說了：

「景已經死了。」

那一瞬間，刑警飛奔過來，狠狠地揮拳揍向我。那打擊強烈到就算我因為那一擊而死掉也不奇怪，刑警就那樣順著衝動不斷毆打我。上次暴露在拳頭如雨下的暴力中，是小學時的事了。

當視野有一半染成紅黑色時，刑警總算停手，出聲說道：

「是你殺了她嗎？」

「沒錯，是我殺了景。」

我這麼告白，於是眼前的刑警明顯地扭曲了表情。他其實一定很想殺掉我吧，但或許是還有事情想問我，刑警沒有動作。話雖如此，我的意識也快陷入昏迷，不曉得能否順利回答他。在這種狀況下，刑警問我「為什麼」。

「因為就算全世界的人都饒不了景……我也是景的英雄。」

是不中意這個答案嗎？刑警更凶猛地毆打我，我的意識又有一半掉落到黑暗當中。

「……我喜歡景。所以說，如果是為了景，我一直覺得我什麼都願意做。」

「啊？」

「但是，景一定不會原諒我那種想法吧。所以我只能放火燒了景的家，先一步製造出事件……我啊，是想要為了景給她一個故事喔。」

眼前這個人看起來不像正經的刑警。他的眼神跟善名同學一樣，所以我只告訴了這個人真相。因為這個人也是同樣一直追逐著寄河景的人，我不會將真相告訴這個人以外的人，因為這是要帶到地獄去的祕密，所以應該可以告訴要去同一個地獄的人吧。

眼前的男人伸手勒住我的脖子，他用毫不留情的力氣壓迫我的呼吸道，我拚命地掙扎。只是毆打的話，他想打幾拳我都無所謂，但我不能在這裡死掉。我拚命踢著對方的腰部，不顧一切地抵抗著。

這時，又有人來到樓頂了。

「日室！快住手！別殺那傢伙！」

毆打我的男人露出猛然回神的表情。那一瞬間，我感覺像是首次見到了叫做日室的人。雖然早就知道了，但這個人也是被景改變的人之一。他一定也捨棄掉很多東西來到這裡吧。

因為缺氧而喘個不停的關係，我無法看清楚進來的人是誰。是女人嗎？她架著槍。

「我啊，只是想見她而已……我……我一直對她……」

一直愛著她啊——日室這麼低喃。沒錯，我們都愛著景。

然後，響起清脆的聲響，一切都結束了。

日室緩緩地在我眼前倒落。在他倒落之後，換架著槍的某人走近這邊。是個長相漂亮的女刑警。

「你就是……大藍閃蝶的管理員嗎？」

「是的，沒錯。我的名字叫宮嶺望……是塔之峰高中的二年級學生。」

我感到呼吸困難，眼淚掉落出來。就算這樣，我還是勉強開口說了：

「……我殺了很多人，寄河景也是其中之一。可以逮捕我嗎？刑警小姐。」

頭愈來愈暈，我的意識逐漸被黑暗給吞噬。

第四章

那之後過了三天。

我今天也接受著偵訊。雖然一開始很緊張，不知能否順利回答，但現在已經很習慣了。

雖然是第一次看到偵訊室，但大致上跟電視劇差不多。好像可以透過這個了解那些戲劇是多麼認真地被製作出來。

在半開的房門對面，可以聽見入見刑警與高倉刑警在交談的聲音。他們的對話也跟之前差不了多少。

「他的口供不變。他一直威脅身為同學的寄河景協助自己，寄河景與其他大藍閃蝶玩家同樣陷入心神喪失狀態，無法反抗宮嶺望。不過，因為好友善名美玖利被當成目標，寄河景激烈地反抗，情緒激動的宮嶺在殺死善名美玖利後，也一併刺殺了她。」

「……然後同樣是大藍閃蝶玩家、而且是寄河景信徒的日室，因為她遭到殺害而情緒激動。他正對宮嶺望施加暴力時我們到了現場，他開槍自殺……那場火災呢？」

「聽說他原本……是打算讓寄河景自焚的樣子。但要遭到殺害的時候，她表示還不想死，宮嶺饒她一命，代價是要她找善名美玖利出來……所以才——」

沒錯，我那麼說了。這藉口有些牽強。但事到如今，只能這樣修正軌道。

——我原本描寫的劇本是這樣的。因為我打算殺害善名美玖利，對此感到憤怒的景終於鼓起勇氣反抗我。我們起了口角，我打算放火燒景家殺了她。我遭到逮捕，警察去搜查我家的話，就會發現我收集的大藍閃蝶相關事件的檔案，和彙整了指示的筆記本——這是我計畫好的流程。

我像這樣以大藍閃蝶的管理員身分被捕，替景頂罪，我從以前就想好了這個方案。但是，就算只是單純去自首，景說不定也會抗拒。所以我決定放火燒景家，先製造出事實。

但是，我的計畫因為那個刑警——日室的出現，被大幅打亂了。

我重新撰寫的劇本就如同剛才那些內容，我試圖讓已經沒用的景自焚，景強烈地反抗，希望我放過她。作為代價，我讓景找她的好友善名美玖利到學校，企圖讓善名美玖利在景的眼前自殺。但是景對此事也強烈反抗，於是發生了悲劇。

所幸我已經沒必要害怕景會抗拒，景已經無法說任何話了。無論契機為何，我都像這樣被逮捕，多虧了這件事，那些檔案還有與景共有的Excel檔案也被扣押了。照這樣下去的話，也有可能騙過全世界吧。

「……原來如此呢。」

要說有一件擔憂的事情，就是站在那裡的女刑警。她——入見小姐不知何故，至今似乎仍在懷疑景。

「也可以理解他開始大藍閃蝶的動機。小學時代的霸凌，以根津原亮的『蝴蝶圖鑑』為底，使用蝴蝶作為主題——這點也很像有那麼一回事不是嗎？」

「……關於大藍閃蝶的口供前後一致，一致過頭了。」

入見不快地這麼低喃，瞥了我這邊一眼。

「……前後的發言維持一致，行動理念也屹立不搖，能夠井井有條地說出當時在想什麼、為什麼那麼行動。明明身體應該還很痛，卻絲毫沒露出過難受的表情。明明像這樣接受警方質問，卻一點都不緊張，日室在他眼前死掉一事也是，如果是高中生年紀的孩子，應該會更加動搖才對。而且——」

「而且什麼呢？」

「……不，沒事。」

入見小姐看了我這邊一眼，搖了搖頭。我也很在意她那番話的後續，所以總覺得有些消化不良。

「但是，關於大藍閃蝶的記述很詳細這點，也是千真萬確喔。我想他的確是知道大藍閃蝶沒錯。」

「他應該是貨真價實的精神病態吧。這種類型的人自我表現慾很強烈，有喜歡驕傲地談論自己的犯罪行為的傾向，宮嶺望也是那種類型。因為，如果不是不懂別人心情的人……是辦不到那種事的喔。」

高倉先生則是完全看不起我的樣了，蘊含著憎恨的眼神看著我。就算他用那種眼神看我，我仍然心平氣和，沒有任何感覺。他用那種眼神看我，對我而言反倒正好。

過了一會兒，兩人互相低喃了些什麼後，只有入見小姐進來房間裡。面對這個人讓我有些緊張，為了不出任何一點紕漏，我從容地對她露出微笑。

「你引發的事件無論在國內外都非常出名，會被列舉為戰後最惡劣的犯罪之一吧。不，老實說我大吃一驚喔。沒想到做出這種惡劣透頂行為的，居然是像你這樣的高中生。」

「……常有人這麼說喔。因為我不引人注目，沒人會想到這種人居然能夠操縱別人，把對方逼到自殺吧。但是，就是因為像我這樣的人，才能辦到這種事喔。妳不這麼認為嗎？」

「我不認為。你的口供的確很像一回事。但我認為寄河景應該才是主謀吧。」

這臺詞無法聽過就算了。儘管如此，也是我預料之中的臺詞。既然陷入了這種情況，也是我最必須奮戰的事情。所幸我們一起度過的時光長到像要融為一體，要分割開來決定哪邊才是主謀，應該相當困難才對。景已經無法開口說話，所以這裡是我的個人舞臺，景無法否認任何事。

「景嗎？景才不是那種類型的人喔，景只是被我威脅而已。這件事我也向高倉刑警說過了，而且你們也發現我房間裡的筆記本了吧？」

「是啊。倘若知道平常的寄河景，更會覺得你的說法很像有那麼回事。所以說，這沒有任何根據，是我的直覺。我覺得寄河景看來不像是會被洗腦的人，你看來也不像是會威脅寄河景的人。」

「就算妳要求我對這種憑直覺臆測的內容發表感想，我也很傷腦筋。再說，我跟景為了方便算是情侶。不缺讓她聽話的手法。」

「手法？」

「人總會有一兩個不想被別人看見的祕密，入見小姐也是女性的話，應該心裡有數吧？」

我刻意話中有話地這麼說道，於是入見小姐抽動了一下眉毛。她一定是個認真又溫柔的刑警吧。她吐了一口氣後，接著這麼說了：

「接下來這些話單純是我的妄想。就算這樣，我還是希望你聽一聽。」

「……我是無所謂。妳想說什麼呢？」

「我接下來打算破壞你創作出來的無聊故事。」

入見小姐的雙眼亮起銳利的光芒。巧合的是她所用的詞彙，跟生前的寄河景曾使用的詞彙一樣。她淺淺地吐了口氣，接下來才要進入正題吧。

「我啊，認為你才是被寄河景給洗腦，現在也在包庇著她。」

「那怎麼可能。」

「當然大藍閃蝶的主謀也是她。寄河景為了防範警方有一天可能會搜查到自己，準備了替身。就是你喔。她藉由把你當戀人一事，讓你無論何時都隨侍在她身旁。像那樣一天到晚都在一起，讓你無法否認是你逐一對她下指示的劇本。」

確實，我按照景所說的，一直待在她身旁。但這是因為我們跟一般情侶沒什麼兩樣，是普通的戀人。入見小姐大概認為那也是景計畫的策略之一吧。實際上我跟景像是互相吞噬的蛇一般合而為一，從旁人眼裡看來，根本不曉得誰是誰。

「那麼，來談談我會抱持這種妄想的原因吧。首先，是舊報紙那件事。」

我不明白入見小姐在說什麼，只能保持沉默。於是入見小姐說了「就是你打算放火燒寄河景家時，灑了燈油的那堆紙張。」

「我確認了那三堆舊報紙。其中一堆的確是最近這一個月的報紙喔，但是另外兩堆分別是三個月前和半年前的報紙喔。你明白這意味著什麼吧？」

「……我不明白。」

「恐怕她分別在半年前還有三個月前，從堆積如山的舊報紙中偷拿了一疊起來吧。然後那一天將事先藏在某處的那些舊報紙，大剌剌地先放在客廳。為了讓你容易點火。」

我想起那時的事情。對了。我曾聽說單只有燈油很難點燃火，所以打算利用舊報紙堆來點火的。

「其實是寄河景希望你放火燒了她家吧？然後她打算在湮滅證據之後殺掉你，誣陷你是主謀，自己一個人逃之夭夭。」

「那些都是妳胡說八道。」

儘管嘴上這麼說，但我想起首次踏入景家時的事情。乾淨整齊的房間。優雅的生活。……玄關旁放著盒子，裡面裝了捆起來的舊報紙。為什麼我灑了燈油的那疊紙張，會大剌剌地擺放在客廳呢？看到那些舊報紙時，我感覺像獲得了上天的啟示。但是，現在卻看到景站在那後方。——說到底，我是從哪裡獲得用放火來湮滅證據的點子呢？

「首先，要讓人自焚的話，有必要那麼大範圍地潑灑燈油嗎？就算要湮滅證據，這做法也太拐彎抹角，要當作威脅也是一樣。所以說呢，我覺得順序是錯的。在那個現場的只有你一個人，寄河景並不在那裡吧？」

「……沒那回事——」

「我類推她的計畫是這樣。因為宮嶺望的名字傳到警方這邊，她終於決定要將大藍閃蝶做個了結吧，而且是以對自己傷害最小的形式。讓你在她不在場的地方放火，並因此被逮捕。她說不定還期待你可能會因為放火一起被燒死呢。然後她打算以被害者的身分自首。」

那是不可能的。我想景應該無法對我見死不救，才刻意想要先製造出既定事實。我難以想像那個景打從一開始就企圖讓我頂罪。

「打亂她計畫的應該是日室吧，日室從稍早之前樣子就不太對勁。如果他是大藍閃蝶玩家，警方目前的行動對他而言不值得高興吧。然後他決定先監視被提到名字的宮嶺望，結果看到宮嶺望打算放火燒了景家。在他看來，那像是被逼入絕境的宮嶺望的反抗。正好跟現在的構圖相反呢。接著他不聽寄河景的指示，捕捉了你，於是寄河景不得不匆忙改變劇本。」

「……」

「然後被利用的就是善名美玖利。因為只要在那裡殺掉善名美玖利，就能主張『因好友死亡解除了洗腦』，有了自首的理由呢……不過，她應該沒想到自己會在那邊遭到殺害吧。就連殺了善名美玖利的人，一定也不是你吧？」

那是不可能的——我再次在內心這麼低喃。我明明得向入見小姐說些什麼才行，以免她察覺到我的動搖。然而舌頭黏在嘴裡，變得講不出話。有那麼一瞬間，我開始不曉得自己為什麼會在這裡了。

「我話還沒說完喔。」

入見小姐這句話把我的意識拉了回來。歸檔的論文被放在我的眼前，一定是從景的房間扣押的吧。我對論文標題與作者名字有印象。

「你看過這個叫『池谷菅生』的研究者的論文嗎？」

「……我在景的房間看過，那又怎麼了嗎？」

「我看了這篇論文，大吃一驚喔。我心想居然會有這麼支持大藍閃蝶遊戲的論文。甚至讓我覺得寄河景說不定是參考了這篇論文呢。但是，卻不是那麼回事。」

「為什麼妳那麼認為？」

「因為根本不存在叫池谷菅生的社會學者啊。畢竟內容寫得很好，只看一遍是不會發現的。但是，這是某人捏造出來的論文。恐怕是寄河景寫的吧，名字也幾乎是易位構詞。」（註2）

聽到這番話時，老實說我大吃一驚。這表示我已經無法判斷究竟什麼是真的，什麼是假的。看著眼前被翻到捲角的「池谷菅生」的論文，感覺我還是在景的掌心上受她擺布。

「利用權威掛保證來洗腦某人這種事並不稀奇。你是否看到池谷菅生的論文，而深信了大藍閃蝶是正確的呢？寄河景是否就像那樣子，用一點一滴的日積月累改變了你呢？」

「不是的。」

我的聲音稍微蘊含了一點感情。彷彿不會放過那破綻一樣，入見小姐開口說道：

「她在操縱人心上發揮了異樣的才能。她會抓住別人的弱點趁虛而入，加以威脅。實際上，在大藍閃蝶玩家的倖存者中，也有人到現在仍未解除洗腦。也有人到現在還是因為害怕她而不敢外出。」

「我一次也沒有被她威脅過。」

「所謂的威脅，不是只有傷害對方而已喔。舉例來說，也有讓對方感到內疚的做法，利用罪惡感讓人服從自己這種事也是可能的。聽說你在小學時救過受傷的寄河景呢，你認為是自己害她受傷的嗎？」

「我不認為，那是一場意外。」

「聽說你是寄河景的英雄呢。先說出這種話的是她？只要將罪惡感強押在你身上，用頭銜困住你的話，你就會開始擺出那樣的舉止態度。這是常見的心理喔。在你內心，寄河景一直是應該保護的女孩子吧。」

「妳究竟懂些什麼呢？」

「你其實什麼也沒做不是嗎？」

入見小姐伴隨著毫無根據的確信，靜靜地這麼說了。

「假如你真的什麼也沒做，你的人生還有辦法挽回。或許你會因為無法阻止寄河景的行為而產生罪惡感，但那種負責的方法是錯的。」

註2：寄河景的原文羅馬拼音是「YOSUGA KEI」，池谷菅生的原文羅馬拼音則是「IKEYA SUGAO」。

「我並不是想要負起責任喔。」

「就算你替她頂罪也不能改變什麼。她已經死了，就算不是主犯，與大藍閃蝶相關的事實也不會消失。」

沒有任何意義，或許是那樣也說不定。因為她本人已經死了，說景是主謀要好太多了。就跟入見小姐說的一樣，照這樣下去，我會為了保護死掉的寄河景的醜聞，斷送自己的人生。那樣根本是瘋了。

「……做過的事情不會消失。」

這時，入見小姐首次扭曲了表情。那表情不是淡然地想讓我動搖，而是能窺見她自身本來的痛苦。

「就算這樣，你以『為戀人好』這種名目拋棄人生還是錯的。我不想讓大藍閃蝶的被害者再繼續增加下去，你已經明白了吧……你只是被利用了而已。」

這時，我對入見小姐的印象稍微改變了，她一定是個好人吧。就連像我這樣的人，她都還試著想要拯救。

但是，我需要的不是那種東西。

「……我不明白妳在說什麼。換言之，該怎麼做才是正確答案呢？照妳喜歡的意思去解釋不就好了嗎？我已經怎樣都無所謂了。」

「怎樣都無所謂是指？」

「我已經膩了喔。我對大藍閃蝶也已經不感興趣了，畢竟景是大藍閃蝶中最方便利用的人，要找景的替代品也很累人，光是能殺掉一百五十人，已經是萬萬歲了。」

「寄河景死掉讓你很悲傷呢。」

我不禁啞口無言。入見小姐究竟在這一拍的空白中發現了什麼呢？景死掉讓我很悲傷這種事根本不用說。每當意識到景不在這世上的任何地方，身體就會僵硬起來。現在也是拚命地壓抑住想大叫出聲的衝動。

我在一瞬間抑制住所有激情，嘻皮笑臉地笑著說道：

「我很悲傷啊，就跟有一百五十人死掉一樣悲傷。」

這次換入見小姐表情僵住了。她彷彿想說什麼似地顫抖了嘴脣後，緩緩搖了搖頭。

「最後想問你一件事。」

「什麼事呢？」

「這是什麼？」

她這麼說道，將裝在袋子裡的某樣東西放到桌上。

那是原本放在景口袋裡的東西，也是讓我拋棄了整個人生的東西。

在入見小姐看來，我大概是被景洗腦的可憐代罪羔羊吧。是一直被欺騙的景的棋子。聽到入見小姐說的話，確實會變得不明白景的意圖。說不定真的一切都是按照景所想的發展，我跟其他玩家同樣被欺騙了。

就算這樣我還是相信她，這都是因為眼前的東西。

那是一個證據。在我們之間曾發生過什麼的證明。

我微微搖了搖頭，撒了個謊。

「我不知道。」

關於她想問我的事情，這下就全部問完了嗎？入見小姐站了起來。她離開之後，我一定又會被迫反覆述說同樣的內容吧。光是想像就感到厭煩，但也只能做了。

「等我以大藍閃蝶管理員的身分正式受到制裁後，我會下地獄嗎？」

在她背對我的瞬間，這句話不禁脫口而出。

雖然我也做好會被無視的覺悟，但出乎意料地，入見小姐轉頭看向了我。過了一會兒，她開口說道：

「不巧的是我不相信死後的世界啊。」

「這樣子啊。」

那還真是遺憾——我坦率地這麼心想。要是能獲得保證，我希望是這個人掛保證。我能夠就這樣被判有罪嗎？能夠作為殺了一百五十人以上的異常者，受到許多人憎恨嗎？不是那樣的話就沒意義了，這齣瘋狂的鬧劇就沒有意義。現在感覺一切都像是遠方世界的事情一般。所有事情都讓我感到害怕，如果這是一場夢就好了——我現在也有這種愚蠢的想法，明明早就過了那樣的階段。

景，死後的世界怎麼樣呢？已經不會再感到疼痛或黑暗了嗎？即使在這種狀況下，我還是滿腦子在想妳的事情。我終究還是無法相信大藍閃蝶的聖域，景應該也是這樣。因為妳畢竟是那個故事的創作者，絲毫無法相信那之後的未來。

但是，這個世界上有從更早以前就存在、我們非常熟悉的地方。

景殺了一百五十個以上的人，我一直旁觀著那樣的景。就連她要死的時候，我都沒有試圖拯救她。我們同樣是大罪人，那麼，會去的地方只有一個，妳應該也會下地獄吧，我們一定要在那裡再會喔。

雖然我無藥可救又軟弱，沒辦法替妳做任何事。

但就算這樣，我還是想一直當妳的英雄。

我的眼前放著裝在透明袋裡的橡皮擦。已經用了大約一半的那個橡皮擦，附著著滲入的墨水汙漬。如果是毫不知情的人看到，大概不曉得那是什麼吧。

然而我知道，那是自己的名字。

（完）

後記

承蒙各位關照，我是斜線堂有紀。

關於這次的後記，會大量涉及到本篇的內容，還請見諒。

究竟是不愛任何人的怪物，還是只愛一個人的怪物？這是本故事探討的主題，同時也是以寄河景這個人類本身為謎題的懸疑小說。景從一開始就迷上了支配他人的快感嗎？或者是襲向宮嶺的悲劇從根本改變了她呢？她只把宮嶺視為自己的代罪羔羊嗎？還是其中也帶有宮嶺所相信的「特別」呢？從故事的開頭到最後，有好幾個用來判斷答案的材料。倘若各位讀者能藉此解讀她究竟是怎樣一個人，便是身為作者最開心的事情了。

只不過，唯獨寄河景被入見遠子徹底否定一事是這個故事的希望這點，是一清二楚的。

這次也是承蒙包括責編在內的許多人協助。在收集關於用來參考的事件資料時，比平時求助了更多友人的力量。特別感謝在查詢英文資料時，指導語言能力不佳的我，並給予建議的友人。此外，還承蒙くっか老師繪製了概括本故事的精美插圖。在此致上萬分謝意。

最後，在此感謝像這樣購買本書、以及在各處一直支持著我的各位讀者。我今後也會更加精進，還請多多指教。

■參考文獻

喬治・西門《披著羊皮的狼：識破心理操縱術，不再成為情緒勒索和情緒暴力的受害者》

M・史考特・派克《說謊之徒：真實面對謊言的本質》

梅谷薰《正義的霸凌：主管、熱心鄰居、好心同事、家人……這些人的「好意」反而讓我很受傷，我該怎麼回應反擊？》

「Core concern: 'Blue Whale' & the social norms research」https://www.netfamilynews.org/blue-whale-2-months-later-real-concern（最終瀏覽日２０１９年12月25日）

「Man who invented Blue Whale suicide 'game' aimed at children says his victims who kill themselves are 'biological waste' and that he is 'cleansing society'」https://www.dailymail.com.uk/news/article-4491294/Blue-Whale-game-mastermind-says-s-cleansing-society.html（最終瀏覽日２０１９年12月25日）

The Washington Post, 2017.7.11「Texas family says teen killed himself in macabre 'Blue Whale' online challenge that's alarming schools」

「Blue Whale Challenge」http://www.bluewhalechallenge.me/

輕文學
Light Literature

這是屬於只能在火中生存的
神祕偵探們之事件簿。

浴火之龍 「沙羅曼達」的網路炎上事件簿

汀こるもの / 著　許婷婷 / 譯

以電腦講師身分過著平凡人生的我，因為學生而被捲入潛藏於網路的麻煩事。為了解決網路炎上事件，我們前往網路疑難雜症諮詢所「沙羅曼達」。自稱生息於火中的這群人，會投身於炎上事件來解決問題。而被所長奧米加強行徵召入夥的我，將親眼見識到「有違常理的解決方式」——

定價：NT$280/HK$93

輕文學 Light Literature

對世人而言，我與她共度的時光一文不值。
不過，她的屍體有三億圓以上的價值——

夏天結束時，妳一死就完美無缺

斜線堂有紀／著　王靜怡／譯

日向受到惡劣家庭環境的影響，對前途不抱任何期望。出現在這樣的他眼前的，是罹患了身體會變成金塊的不治之症「金塊病」的女大學生都村彌子。她突然提議，只要日向在西洋跳棋上贏過她，便能繼承死後可賣得三億圓的「自己」。兩人逐漸拉近距離，然而，伴隨都村的死亡而來的大筆財富，打亂兩人的命運……

定價：NT$280/HK$93

國家圖書館出版品預行編目資料

戀入膏肓 / 斜線堂有紀作 ; 一杞譯 . -- 初版 . --
臺北市 : 臺灣角川股份有限公司 , 2021.03
面 ;　公分 . -- (Kadokawa light literature)(角川輕 . 文學)
譯自 : 恋に至る病
ISBN 978-986-524-215-2(平裝)

861.57　　109018862

輕文學
Light Literature

戀入膏肓

原著名＊恋に至る病

作　　者＊斜線堂有紀
插　　畫＊くっか
譯　　者＊一杞

2021年3月4日　初版第1刷發行
2024年7月5日　初版第6刷發行

發 行 人＊台灣角川股份有限公司
總　　監＊呂慧君
總 編 輯＊蔡佩芬
主　　編＊李維莉
設計指導＊陳晞叡
美術設計＊李曼庭
印　　務＊李明修（主任）、張加恩（主任）、張凱棋、潘尚琪

台灣角川

發 行 所＊台灣角川股份有限公司
地　　址＊104台北市中山區松江路223號3樓
電　　話＊（02）2515-3000
傳　　真＊（02）2515-0033
網　　址＊www.kadokawa.com.tw
劃撥帳戶＊台灣角川股份有限公司
劃撥帳號＊19487412
法律顧問＊有澤法律事務所
製　　版＊尚騰印刷事業有限公司
I S B N＊978-986-524-215-2